○ 全民阅读·经典

苏东坡辛弃疾词

[宋] 苏东坡　[宋] 辛弃疾◎著
冯慧娟◎编

吉林出版集团股份有限公司

版权所有　侵权必究

图书在版编目（CIP）数据

苏东坡·辛弃疾词 /（宋）苏东坡,（宋）辛弃疾著；冯慧娟编. — 长春:吉林出版集团股份有限公司，2015.6
（2025.5重印）

（全民阅读.经典小丛书）
ISBN 978-7-5534-7548-6

Ⅰ.①苏… Ⅱ.①苏… ②辛… ③冯… Ⅲ.①宋词 – 选集 Ⅳ.①I222.844

中国版本图书馆 CIP 数据核字 (2015) 第 119924 号

SU DONGPO XIN QIJI CI

苏东坡·辛弃疾词　[宋]苏东坡　[宋]辛弃疾 著　冯慧娟 编

出版策划：	崔文辉
选题策划：	冯子龙
责任编辑：	于媛媛
排　　版：	新华智品
出　　版：	吉林出版集团股份有限公司
	（长春市福祉大路5788号，邮政编码：130118）
发　　行：	吉林出版集团译文图书经营有限公司
	（http://shop34896900.taobao.com）
电　　话：	总编办 0431-81629909　　营销部 0431-81629880 / 81629881
印　　刷：	北京一鑫印务有限责任公司
开　　本：	640mm×940mm 1/16
印　　张：	10
字　　数：	130千字
版　　次：	2015年7月第1版
印　　次：	2025年5月第4次印刷
书　　号：	ISBN 978-7-5534-7548-6
定　　价：	45.00元

印装错误请与承印厂联系　电话：010-61424266

前言

豪放词与婉约词是宋词中的两大派别，而谈起豪放词，就不能不说它的奠基者——大文豪苏轼。

苏轼（1037～1101年），字子瞻，号东坡居士，中国词坛举足轻重的人物，也是北宋著名文学家，唐宋八大家之一。他一生仕途坎坷，有《东坡全集》《东坡乐府》传世。

苏轼虽仕途失意，却心胸阔达。林语堂说他是一个不可救药的乐天派，一个巨儒政治家，一个皇帝的秘书，一个厚道的法官，一个月夜徘徊者，一个大文豪，一个创意画家，一个酒仙，一个小丑，但这不足以道出他的全部。文如其人，苏轼的词也是不拘一格，在题材上涉及男女恋情、离愁别绪、述志咏怀、感叹时政、自然风光，以至谈论哲理，包罗万象，"无意不可入，无事不可言"。他一扫花间词派以来的传统词风，开创了豪放词派。南宋刘辰翁曾言："词至东坡，倾荡磊落，如诗，如文，如天地奇观。"苏轼的文学成就对当时及后世都产生了深远的影响。

苏轼之后，辛弃疾将豪放词创作推向了高潮，因此很多词论家将二人合称为"苏辛"。辛弃疾（1140～1207年），字幼安，号稼轩，南宋历城（今山东济南）人，有《稼轩长短句》传世，现存词629首，数量为宋人诸家之冠。

辛弃疾生长于北方，曾参加过抗金义军，南归后，在官场上又受到排挤，然其力图恢复中原、雪耻报国之志至死不渝。他"以气节自负，以功业自诩"。他的词以爱国题材为主要内容，词风多激越豪迈、慷慨悲壮，善用典，喜议论，丰富和发展了词的艺术手法。此外，辛词中还有不少表现江南田园风光的清丽柔婉之作。辛弃疾在苏轼词的基础上，大大开拓了豪放词的思想意境与表现力，提高了词在文学史上的地位。词评家有言："稼轩者，人中之杰，词中之龙。"诚哉斯言。

本书精心选编了苏轼与辛弃疾的众多传世名篇，旨在与读者共享豪放词的独特魅力。

目录

苏东坡词 ……………………………… ○○九

水调歌头·明月几时有 ……………… ○一○
水龙吟·似花还似非花 ……………… ○一三
永遇乐·明月如霜 …………………… ○一五
念奴娇·赤壁怀古 …………………… ○一八
念奴娇·凭高眺远 …………………… ○二○
卜算子·缺月挂疏桐 ………………… ○二二
洞仙歌·冰肌玉骨 …………………… ○二四
江城子·十年生死两茫茫 …………… ○二六
江城子·老夫聊发少年狂 …………… ○二八
江城子·天涯流落思无穷 …………… ○三一
临江仙·夜饮东坡醒复醉 …………… ○三三
临江仙·忘却成都来十载 …………… ○三六
贺新郎·乳燕飞华屋 ………………… ○三八
定风波·莫听穿林打叶声 …………… ○四○
浣溪沙·旋抹红妆看使君 …………… ○四二
浣溪沙·簌簌衣巾落枣花 …………… ○四四
浣溪沙·山下兰芽短浸溪 …………… ○四六
鹧鸪天·林断山明竹隐墙 …………… ○四七
昭君怨·谁作桓伊三弄 ……………… ○五○

目录

蝶恋花·花褪残红青杏小……………○五二

蝶恋花·雨后春容清更丽……………○五四

西江月·世事一场大梦………………○五五

西江月·照野弥弥浅浪………………○五八

行香子·一叶舟轻……………………○六○

满庭芳·蜗角虚名……………………○六三

满江红·清颍东流……………………○六五

一丛花·今年春浅腊侵年……………○六七

少年游·去年相送……………………○六九

南乡子·东武望余杭…………………○七一

望江南·春未老………………………○七三

虞美人·波声拍枕长淮晓……………○七五

点绛唇·红杏飘香……………………○七七

醉落魄·苍颜华发……………………○七八

南歌子·山与歌眉敛…………………○八○

更漏子·水涵空………………………○八二

何满子·见说岷峨凄怆………………○八四

阮郎归·绿槐高柳咽新蝉……………○八六

目录

辛弃疾词 ……………………………… 〇八九

摸鱼儿·更能消几番风雨……………〇九〇

破阵子·醉里挑灯看剑………………〇九三

丑奴儿·少年不识愁滋味……………〇九五

菩萨蛮·郁孤台下清江水……………〇九七

南乡子·何处望神州…………………〇九九

贺新郎·把酒长亭说…………………一〇一

贺新郎·细把君诗说…………………一〇四

贺新郎·甚矣吾衰矣…………………一〇七

西江月·明月别枝惊鹊………………一〇九

西江月·醉里且贪欢笑………………一一一

清平乐·茅檐低小……………………一一二

清平乐·连云松竹……………………一一四

汉宫春·春已归来……………………一一六

祝英台近·宝钗分……………………一一八

水龙吟·楚天千里清秋………………一二一

定风波·少日春怀似酒浓……………一二四

念奴娇·野棠花落……………………一二六

念奴娇·近来何处……………………一二七

念奴娇·倘来轩冕……………………一二九

目录

永遇乐·千古江山……………………一三一

鹧鸪天·枕簟溪堂冷欲秋………………一三三

鹧鸪天·唱彻阳关泪未干………………一三五

木兰花慢·老来情味减…………………一三七

木兰花慢·汉中开汉业…………………一四〇

青玉案·东风夜放花千树………………一四二

阮郎归·山前灯火欲黄昏………………一四四

水调歌头·长恨复长恨…………………一四五

太常引·一轮秋影转金波………………一四八

蝶恋花·九畹芳菲兰佩好………………一五〇

粉蝶儿·昨日春如………………………一五二

沁园春·杯汝来前………………………一五三

满江红·敲碎离愁………………………一五六

苏东坡词

水调歌头·明月几时有

丙辰中秋，欢饮达旦，大醉。作此篇兼怀子由。

明月几时有？把酒问青天。不知天上宫阙①，今夕是何年？我欲乘风归去，又恐琼楼玉宇②，高处不胜寒③。起舞弄④清影，何似⑤在人间。

转朱阁⑥，低绮户⑦，照无眠。不应有恨，何事⑧长向别时圆？人有悲欢离合，月有阴晴圆缺，此事古难全。但愿人长久，千里共婵娟⑨。

【注释】

①天上宫阙：天上的仙宫宝殿，这里指的是月宫。

②琼楼玉宇：月宫中以白玉砌成的楼阁。

③不胜寒：月宫又名广寒宫，相传那里寒冷无比。不胜，禁受不住，受不了。

④弄：赏玩，舞弄。

⑤何似：哪似。

⑥朱阁：装饰华丽的楼阁。

⑦绮户：雕刻有花纹的门窗。

⑧何事：为何。

⑨婵娟：美丽的月光，代指月亮。

【译文】

明月从何时起照耀人间？我手举酒杯向苍天发问。不知道天上的仙宫宝殿里，今年是哪一年？我真想驾长风、归月宫，又怕那儿的碧玉楼阁，孤高而严寒。在浮想联翩中，对月起舞，清影随人，仿佛乘云御风，置身天上，哪里像在人间！

月光转过装饰华丽的楼阁，又低低地透过门窗，照着窗内的不眠人。明月不应有什么怨恨，却为何总在人们别离时才圆？人生一世，有相逢之乐，就有离别之悲；月出一轮，有圆满晴朗，就有残缺阴霾。这种事自古就难以两全。但愿远方的人健康长寿，即使相隔千里，我们也

水调歌头·明月几时有

能共同沐浴明月的光辉。

【评点】

　　这首词作于宋神宗熙宁九年（1076）。当年中秋节，苏轼在密州（今山东省诸城）任太守，与弟弟苏辙已阔别七年，不禁对月思人。再加上仕途不如意，他便尽抒情怀，乘醉而歌，写出了这首传颂千古的名篇。

　　词的上半部分写作者对月遐思，幻游仙境，以问句起首，开篇奇崛，而问的又是明月、青天，一下子把人们的思绪牵引到了浩渺无边的太空、仙境，意境深邃幽远。"不知天上宫阙"几句回环跌宕，一唱三叹，妙笔生花，表现了作者内心的波澜起伏。实际上，当时的苏轼正徘徊于"出世"与"入世"之间，不知所从。"何似在人间"，是作者给出的最后答案——还是人间的美好更值得留恋。

　　词的下半部分情景交融，抒发了自己对亲人的思念。"转朱阁"三句，写月下之人，徘徊不定，心事重重。"不应"两句，上接"照无眠"，运笔酣畅，明是写对月圆人不"圆"的怨恨，其实蕴含了作者对亲人的思念。"人有"三句，是作者自己的解答，是他经历风雨人生之后的领悟——是啊，在这天地之间，人的悲欢离合与月的阴晴圆缺一样，都不是我们所能左右的。我们所能做的，只有因循大自然的崇高法则，体味"道"的精神，去珍惜身边的美好，积极乐观地生活。这充分反映了作者的旷达胸怀。最后两句是其对兄弟苏辙的劝勉，更是对天下人的祝福，情意真切。

　　这首词以"月"贯穿全篇，上天入地，笔势纵横，是一篇蕴含着深刻哲理的佳作。

水龙吟·似花还似非花

次韵章质夫杨花词。

似花还似非花,也无人惜从教坠①。抛家傍路,思量却是,无情有思②。萦损柔肠,困酣娇眼③,欲开还闭。梦随风万里,寻郎去处,又还被莺呼起。

不恨此花飞尽,恨西园,落红难缀。晓来雨过,遗踪何在?一池萍碎④。春色⑤三分,二分尘土,一分流水。细看来,不是杨花,点点是离人泪。

【注释】

①从:任凭。坠:飘落。

②思:情思、愁思。

③困酣:非常困倦。娇眼:柳叶。柳叶初生时,如人的睡眼初展,故称娇眼。

④萍碎:浮萍,指杨花落入水中,看起来像浮萍。

⑤春色:杨花美好的光景。

【译文】

杨花像花又不像是花,没人怜惜,任它飘落满地。抛家离舍倚路旁,仔细思量却是,貌似无情却有愁。好似萦绕离恨,柔肠频频受折磨;又好似娇眼困倦,似睁又闭。梦里随风千万里,追寻情郎远去处,却又被黄莺的啼声惊起。

杨花飞尽并不遗憾，遗憾的是西园百花凋残，难以相继。拂晓时分一阵风雨，哪能再见杨花的踪迹？早化成一池细碎浮萍。若把杨花美好的光景分成三分，二分已为尘土，一分落入池中。细细看，那不是杨花，一点一点都好似离别人的眼泪。

【评点】

苏轼的豪放词几乎无人可及，婉约词亦不让他人。这首词约作于宋神宗元丰四年（1081），当时作者正谪居黄州。这是一首唱和之作，作者明写杨花，暗抒离别的愁绪。

词的上半部分写杨花飘落的情景。开篇"似花"两句造语精巧，音韵和婉，一方面是吟咏杨花，另一方面也是写人的情感。作者敏感地捕捉到了杨花"似花非花"的独特之处：它名字叫杨花，和其他的花一样都有开有落，这是它的"似花"之处；但同时它颜色浅，又没有香味，而且生得纤小，挂在枝条上很不起眼，又让人觉得它"非花"。一个"惜"字，充满情感。"抛家"三句，以空灵之笔写杨花飘零的情形。作者在这里赋予杨花以灵性，实是借花抒情。"萦损"三句，从花到柳，到离人怨妇，以气运笔，通畅贴切。最后几句把花和人合为一体，极言离人的愁苦哀怨。

词的下半部分言情。前两句笔势跌宕顿挫，"不恨"与"恨"两相对照，抒发杨花无人怜惜的惆怅。"晓来""春色"六句，是对前面"抛家""萦损"的详细解释。杨花最后的结局是"一池萍碎"，或被碾为尘土，或被流水带去。收尾三句总揽一笔，把池中"萍碎"的杨花喻为离人的泪滴，想象奇特，虚实相生，可谓妙笔生花。

这首词借杨花来写人生的孤独、漂泊、失落、不能自主和无可奈

水龙吟·似花还似非花

何,寓情于物,笔法空灵。怪不得王国维评其曰:"和韵而似原唱。"

永遇乐·明月如霜

彭城夜宿燕子楼,梦盼盼①,因作此词。

明月如霜,好风如水,清景无限。曲港跳鱼,圆荷泻露,寂寞无人见。紞如三鼓②,铿然一叶,黯黯梦云③惊断。夜茫茫,重寻无处,觉来小园行遍。

天涯倦客,山中归路,望断故园心眼④。燕子楼空,佳人何在?空锁楼中燕。古今如梦,何曾梦觉,但有旧欢新怨⑤。异时对,黄楼夜景,为余浩叹。

【注释】

①盼盼:徐州张建封的爱妓。张建封去世后,盼盼不再嫁,居燕子楼十余年。

②紞如三鼓:指三更鼓响。

③梦云:典故,楚怀王游高唐,梦见神女,神女曰:"旦为朝云,暮为行雨。"此处借指梦见盼盼。

④故园心眼:故乡情怀。

⑤旧欢新怨:各种悲喜之情。

【译文】

明亮的月光皎洁如霜,清凉的晚风温柔如水,秋天的景色清幽无限。弯弯的小河里鱼儿在跳,圆圆的荷叶上露珠晶莹,景致虽美却无人看见。三更的鼓声轰响,屋外的落叶声铿锵,把我的好梦骤然惊断。夜色茫茫,美梦再难寻找,醒来后把小园四处走遍。

浪迹天涯的游子早已疲倦,回归山林的路在哪里?千里之外的故乡让我望眼欲穿。看如今燕子楼空空如也,佳人不知何处去?楼中空有呢喃双燕。人生如梦,世上何曾有梦醒之人,有的只是难了的旧欢新怨。后世若有人面对这黄楼夜色,也定会为我深深叹息。

【评点】

　　这首词是宋神宗元丰元年（1078）春，作者任徐州知州时所写。当时作者因为对新法有异议，自请外任，羁宦他乡，前途黯淡，其孤单落寞可想而知，此词即是作者抒遣情怀的产物。本词伤怀吊古，发"古今如梦"的喟叹，蕴含着作者深深的思索，极富哲理。

　　词的上半部分写景。起首作者为我们勾勒出一个幽然静谧的环境：月光皎洁，秋风妩媚。"清景无限"写晚秋的夜景，同时也是此时作者内心的写照。然后作者视角流转，从大到小，由静而动，写曲港、圆荷空灵宁谧之美，动静结合，意到笔随。"寂寞"句有两层含义，一方面指景象之寂寞，另一方面写人的孤单。"紞如"三句，视角继续转换，从听觉切入，写夜的幽深静谧，梦的虚无缥缈。"三鼓"同时又点出时间，表明已是深夜。"紞如"和"铿然"以动写静，笔法高妙。结尾几句写梦醒之后的失落。从夜景到惊梦，到游园，词的上半部分梦与景连，虚实相生，境界深邃幽谧。

　　词的下半部分言情。"天涯倦客"直写自己对仕途的厌倦。紧接着下面两句写作者浓烈的思乡之情，深沉真挚。"燕子"三句，用古人的典故写今人的感慨，自然贴切。"古今"三句是对"古今如梦"的感悟，写作者梦想破灭、无路可走的悲伤和无奈。最后几句，作者思接古今，把自己的情感扩展到将来，把现在的怀古之情、悲愤之感和对将来的思考融在一处，使自己终于得到了精神上的解脱。

　　这首词意境悠远，含蓄深沉，充满了作者对人生的思索，将人们引入了一种玄秘、空灵的境界之中，使人身心都受到涤荡。

念奴娇·赤壁怀古

赤壁①怀古。

大江东去,浪淘尽,千古风流人物。故垒西边,人道是,三国周郎②赤壁。乱石穿空,惊涛拍岸,卷起千堆雪。江山如画,一时多少豪杰。

遥想公瑾当年,小乔③初嫁了,雄姿英发。羽扇纶巾④,谈笑间,樯橹⑤灰飞烟灭。故国神游,多情应笑我,早生华发。人生如梦,一樽还酹⑥江月。

【注释】

①赤壁:此指湖北黄冈赤壁,这里因苏轼两游而闻名,人称东坡赤壁。

②周郎:指三国名将周瑜。周瑜,字公瑾,下面的"公瑾"也指他。

③小乔:东吴著名美女,周瑜妻。其姐大乔嫁给了吴主孙策。

④羽扇纶巾:羽毛做的扇子,丝带做的头巾。

⑤樯橹:船上的桅杆,借指强大的敌人,即曹军。

⑥酹:把酒洒在地上或水中,以示祭奠。

【译文】

大江浩浩荡荡向东流去,千古风流人物被历史的长河所冲刷。芦荻萧萧的旧营垒西边,人说那就是三国周瑜鏖战的赤壁。陡峭的石壁高耸入云,如雷的惊涛拍打着江岸,浪花如同卷起的千万堆寒雪。雄壮的江山美如图画,一时间这里涌现出多少豪杰。

遥想周瑜当年春风得意,绝代佳人小乔刚嫁为其妻,他雄姿英发,豪气满怀。手摇羽扇，头绾丝巾，谈笑之间，百万曹军在浓烟烈火中灰飞烟灭。我今日神游这当年三国战场，可笑自己多愁善感，过早地生出了满头白发。人生有如一场梦幻，且洒一杯酒，敬献给江上的明月吧。

【评点】

这首词是苏轼豪放词的代表作，也是整个豪放词派中的扛鼎之作。它写于宋神宗元丰五年（1082）夏，当时苏轼刚刚因"乌台诗案"受贬，谦恭谪居黄州。这首词以豪放的笔墨描写了赤壁的景象，赞美了古代的英雄人物，表达了作者对岁月、人生的感慨。

念奴娇·赤壁怀古

词的上半部分以"赤壁"为主题，写雄浑之景。开篇三句总起，由景到人，人由景出，在浩荡东流的滔滔江水之后，紧跟着引出千秋万代的风流人物，笔势雄奇，气势宏大，营造出了一种历史的深厚感，让人感慨无限。"故垒"两句借古抒怀。"周郎赤壁"，则既合主题，又是对下文赞美周郎的铺垫。"乱石"三句，直写赤壁的景色，苍凉雄浑，营造出一种抒怀的氛围。最后一句用"江山如画"衬托历代英豪的丰功伟绩。

词的下半部分写怀古之情。用"遥想"总领，起笔六句分别从多个方面描写周瑜当年的英武形象，暗示自己垂垂老矣而一事无成，充满了郁郁不得志的愤慨。"多情"两句，作者感慨自己的一生，尚无所作为却已老之将至，大好年华全都被虚度、浪费了。最后两句情景交融，神游天地，思接古今，深沉的情感充斥时空，让人遐想无限。

念奴娇·凭高眺远

凭高眺远，见长空万里，云无留迹。桂魄①飞来光射处，冷浸一天秋碧。玉宇琼楼，乘鸾来去，人在清凉国②。江山如画，望中烟树历历。

我醉拍手狂歌，举杯邀月，对影成三客。起舞徘徊风露下，今夕不知何夕。便欲乘风，翻然归去，何用骑鹏翼。水晶宫里，一声吹断横笛③。

【注释】

①桂魄：古人称月亮为魄，又传月中有桂树，故称月亮为"桂魄"。
②清凉国：清净凉爽的地方，这里指月宫。

③"水晶"二句：比喻胸中豪气喷薄而出。

【译文】

站在高处向远方眺望，广阔的天空，万里无云。月亮的清辉洒满大地，秋天的夜空沉碧如玉。此时的天宫琼宇之中，当有月中仙子乘着鸾鸟来来去去，我也似乎置身于月宫那清凉之地。那里美景如画，烟雾缭绕，仙树分明。

我沉沉醉醉，拍手狂歌，举杯邀月共饮，加上我的影子正好三人。我独自起舞蹁跹，清风阵阵，霜露袭来，真不知今夜是哪一夜。我想乘着这清风翩然飞往月宫，哪里还用乘坐大鹏鸟？在晶莹剔透的水晶宫里，那玉笛被我一吹而断。

【评点】

这首词写于宋神宗元丰五年（1082）的中秋，当时苏轼被贬，居于黄州。虽然是被贬之身，但是作者依然保持了比较平和的心态，没有愤世嫉俗之举。

作者在这首词中大量运用想象，表现了自己对自由、美好生活的向往。中秋时分，万里无云的天空显得十分深邃。作者登高赏月，面对无垠的夜空和明亮的圆月，思绪万千，联想到现实的黑暗和自己坎坷的经历，不禁感慨不已。作者用丰富的想象排遣自己的苦闷，用虚无缥缈的月宫生活来表现自己对自由的渴望和对美好生活的追求。全篇虚实结合，以虚衬实，带有浓厚的浪漫主义色彩。

卜算子·缺月挂疏桐

黄州定慧院寓居作。

缺月挂疏桐,漏①断人初静。谁见幽人②独往来,缥缈③孤鸿影。
惊起却回头,有恨无人省④。拣尽寒枝不肯栖,寂寞沙洲冷。

【注释】

①漏:漏壶,古代的计时器。

②幽人:指隐居的隐士,也是作者的自称。

③缥缈:隐约、高远的样子。

④省:了解、明白。

【译文】

弯弯的月亮挂在梧桐树梢,漏尽夜深,人声已渐渐消失。有谁看见幽居之人独自徘徊,就像那缥缈的孤雁身影。

突然惊起又回过头来,心中有怨恨却无人能懂。挑遍了寒枝也不肯栖息,甘愿在沙洲忍受寂寞凄冷。

【评点】

本词作于宋神宗元丰五年(1082)冬,作者当时刚刚被贬到黄州,住在定慧院,政治的失意、宦游在外的孤苦时时萦绕在心头。词中借月夜孤鸿这一形象,托物寓怀,表达了词人孤高自许、蔑视流俗的心境。

词的上半部分写作者所居之地的清幽。起首两句,用"缺月""疏桐""漏断"等一系列萧疏、凄冷的意象勾勒出了一幅宁谧、凄清的寒

卜算子·缺月挂疏桐

秋夜景。景象之所以如此，都是观景之人心之所至。这两句为全篇营造了一种冷清、凄凉的氛围。紧接着下面两句，作者自问自答，向读者介绍了这位心事重重的主人公，即作者自己，"谁见"其实是无人见，更显作者的孤单落寞。"幽人"和"孤鸿"皆是作者的自喻，可见作者孤高的心境。

词的下半部分抒情。"惊起"两句，暗指作者贬谪黄州时期孤寂的处境和高洁自许，不愿随波逐流的心境。"惊"本是"孤鸿"的动作，但在这里作者就是孤鸿,孤鸿就是作者。"回头"烘托出一种凄凉、孤寂的氛围。"无人省"与前面的"谁见"相互对照,是作者孤苦无依、心事无人能解的写照。结尾两句写孤鸿不肯栖于沙洲,是作者在写自己甘愿受贬谪之苦,也不向小人屈服的高洁品质。

本词借景抒情,情景交融,以"鸿"喻人,简约凝练,空灵飞动,蓄意深沉。

洞仙歌·冰肌玉骨

余七岁时见眉州老尼,姓朱,忘其名,年九十岁。自言尝随其师入蜀主孟昶宫中。一日,大热,蜀主与花蕊夫人夜纳凉摩诃池上①,作一词,朱具能记之。今四十年,朱已死久矣,人无知此词者,但记其首两句。暇日寻味,岂《洞仙歌令》乎?乃为足之云。

冰肌玉骨,自清凉无汗。水殿②风来暗香满。绣帘开,一点明月窥人,人未寝,欹③枕钗横鬓乱。

起来携素手,庭户无声,时见疏星渡河汉。试问夜如何?夜已三更,金波淡,玉绳低转④。但屈指,西风几时来,又不道⑤,流年暗中偷换。

【注释】

①孟昶:五代后蜀国君。他生活奢侈,爱好文学,熟音律,在位31年,后蜀被宋灭亡后郁郁而亡。花蕊夫人:孟昶的贵妃,姓徐,别号花蕊夫人。摩诃:梵语,指大、多、盛。

②水殿：指摩诃池上的宫殿。

③欹：倚，斜靠。

④玉绳低转：夜色深沉。玉绳，玉绳星。

⑤不道：不知不觉。

【译文】

冰一样的肌肤玉一般的骨，自然是遍身清凉没有汗。宫殿里清风徐来，幽香弥漫。绣帘被风吹开，一线月光把佳人窥探。佳人还没有入睡，斜倚绣枕，钗横发乱。

佳人起来与爱侣户外携手闲行，走出无声的庭院，随时可见流星横穿河汉。试问夜已多深？已过三更，月光暗淡，玉绳星向下旋转。她掐指计算，秋风几时吹来，而不知不觉，流年似水，岁月暗暗变换。

【评点】

本词通过丰富的想象，向人们再现了五代时后蜀国君孟昶和他的贵妃花蕊夫人夏夜在摩诃池上消夏的情形，展现了花蕊夫人美好的精神境界，抒发了作者惜时的感慨。

词的上半部分写当时花蕊夫人在寝室内的姿态。"冰肌"二句，不仅写她容貌秀美，其中更隐含着一股圣洁之气。"水殿"句，用"暗香"写摩诃池夏夜荷风的清香，同时也是写花蕊夫人温玉一般的体香，境界幽眇。其中"暗"字用得尤其好，着一字而境界全出。最后几句写花蕊夫人的姿态，却是明月所窥，为本词增添了许多情致。

词的下半部分写花蕊夫人的举止和内心世界。"起来携素手"写她难以入眠，于是起身和夫君一起携手外出。"无声"，写夜的幽深静谧，暗指时光悄然逝去。"疏星渡河汉"是夫妻二人看到的景象。"试问"四句,写二人含情脉脉,共赏夜空,营造了一种柔情蜜意的氛围。最后两句一明一暗,写岁月变迁,时光流转,隐含着作者对时光一去不返的深沉感慨。

本词境界幽眇,空灵神妙,跌宕起伏,读之让人如临其境。

江城子·十年生死两茫茫

乙卯正月二十日夜记梦。

十年①生死两茫茫,不思量,自难忘。千里孤坟②,无处话凄凉。纵使相逢应不识,尘满面,鬓如霜。

夜来幽梦忽还乡。小轩窗③,正梳妆。相顾无言,惟有泪千行。料得年年肠断处,明月夜,短松冈④。

【注释】

①十年:苏轼妻子王弗死于宋英宗治平二年(1065),到苏轼作词的宋神宗熙宁八年(1075),正好十年。

②千里孤坟:王弗的墓在四川,与苏轼当时任职的密州相隔几千里。

③小轩窗:小室的窗前。

④短松冈:指王弗的坟墓。

【译文】

十年生死相隔,音讯渺茫,即便是强忍着不思念,你的形影我也永远难忘。如今你静卧在千里外的孤坟里,我到哪里去诉说心中的凄凉。

纵使相见了你也不会认出我，我现在已满脸尘土，两鬓如霜。

夜里，我在梦中忽然返回家乡，小屋的窗前，你正打扮梳妆。我们相对无言，默默凝望，只有千行泪水簌簌流下。料想年年最让我伤心的地方，就在明月之夜，长满小松树的坟冈上。

【评点】

这是苏轼所作的一首悼亡词。苏轼的妻子王弗16岁嫁给苏轼，婚后

江城子·十年生死两茫茫

二人感情甚笃，幸福恩爱。可王弗27岁时病逝，苏轼自然无法轻易放下这段感情。这首悼亡词就是时隔十年之后，40岁的苏轼在任密州知州时所作。

词的上半部分写作者对亡妻的悼念。起首三句写即使时间也无法抹去作者对妻子的怀念。对苏轼而言，这十年是其仕途黯淡的十年。因为反对变法，苏轼被贬到密州，生活颇为艰苦，落难之时，自然会想到自己最亲近的人。"不思量"与"自难忘"并在一起，彼此对照，更显二人情意之深，难以割舍。"千里"两句写作者与妻子阴阳相隔，"无处话凄凉"，揭示了作者欲穿越时空，向亡妻诉说悲苦的内心世界而不得，感人肺腑。"纵使"三句，颇有"有情何似无情，相见争如不见"的意味，用这样的假设反衬自己不堪怀念之情。最后两句则是词人对人世苍茫的感叹。

词的下半部分写词人与妻子在梦中相会。"小轩窗"两句，生动地再现了妻子的美丽。"相顾"两句，意味深长。"无言"即是有言，可见"此时无声胜有声"的哀痛。"料得"三句，写梦醒后作者的沉痛，情感真切，令人读之泣下。

江城子·老夫聊发少年狂

密州①出猎。

老夫聊发少年狂。左牵黄，右擎苍②。锦帽貂裘，千骑卷平冈③。为报倾城随太守④，亲射虎，看孙郎⑤。

酒酣胸胆尚开张。鬓微霜,又何妨。持节云中⑥,何日遣冯唐。会挽雕弓如满月⑦,西北望,射天狼⑧。

【注释】

①密州:今山东诸城。

②黄:黄犬。苍:苍鹰。二者在围猎时用以追捕猎物。

③锦帽貂裘:汉羽林军戴锦蒙帽,穿貂鼠裘。千骑:指苏轼的随从。

④报:酬谢。倾城:指全城观猎的士兵。

⑤孙郎:孙权曾亲自射虎于凌亭,这里借以自指。

⑥节:符节。据《史记·张释之冯唐列传》记载:汉文帝时,魏尚为云中太守,抵御匈奴有功,只因报功时多报了六个首级而获罪削职。后来,文帝采纳了冯唐的劝谏,并派他持符节到云中去赦免了魏尚。

⑦会:将要。如满月:把弓拉足,像满月一样。

⑧天狼:古时以天狼星主侵掠,指敌人,这里以天狼喻西夏。

【译文】

我兴致高涨,要重温少年时的狂放。左手牵着黄犬,右臂上托着苍鹰。头戴锦蒙帽,身穿貂皮袄,率领威武的马队奔驰在平冈上。为酬谢追随我来观猎的全城士兵,我要亲手射杀猛虎,就像当年的孙权一样。

我开怀畅饮,精神昂扬。即使两鬓花白又有何妨。哪天皇上才能派冯唐那样的使节来为我请命,让我像魏尚一样为国效劳。我要拉满雕弓,朝向西北,射落侵扰太平的天狼星。

苏东坡·辛弃疾词

江城子·老夫聊发少年狂

【评点】

　　这首词作于宋神宗熙宁八年（1075），作者任密州知州期间。当时作者因旱去常山祈雨，归来时同梅户曹在铁沟打猎，作此词以寄情怀。全词到处洋溢着激昂的情怀，显示了作者的豪气。

　　词的上半部分写狩猎的情景。首句的中心字是"狂"，这个字亦统摄全篇。紧接着详写打猎的场面，"左牵黄，右擎苍"，宏大豪迈。"千骑卷平冈"写武士们纵马奔驰，快如风尘，十分潇洒。"为报"三句，作者自比当年的少主孙权，意指自己的豪情不在古人之下。

　　词的下半部分抒怀。"酒酣"一句是一个转折，由实到虚，以醉酒为因由，真实贴切。此时的作者哪里还顾得上伤春惜时，"鬓微霜，又何妨"，豪气干云，又岂能被鬓上的几缕白丝所困扰。"持节"两句由汉文帝派冯唐持节赦免魏尚的典故中化出，表达了作者希望自己能被朝廷重用，杀敌报国的心情。在作者的心中，"挽弓如满月"才是自己应该做的。这首词亦是苏轼豪放词的代表作，从昂扬激烈的狩猎场面到豪迈情怀的肆意抒发，如江河直下，一脉贯穿，气势不可遏止。苏轼以豪放之气入词，极大地拓宽了词的境界，提升了词的品格，在词的发展史上功莫大焉。

江城子·天涯流落思无穷

别徐州①。

　　天涯流落思无穷。既相逢，却匆匆。携手佳人，和泪折残红。为问东风余如许，春纵在，与谁同。

　　隋堤②三月水溶溶。背归鸿，去吴中③。回首彭城④，清泗与淮通⑤。欲寄相思千点泪，流不到，楚江东⑥。

【注释】

　　①徐州：即今徐州一带，当时作者徐州任满，将调往湖州。

　　②隋堤：隋代开通的济渠，旁筑御道，并植杨柳，后人谓之隋堤。渠经泗水达淮河。

　　③吴中：此时作者即将去往湖州，它在三国时属吴中。

　　④彭城：徐州州治设于彭城。

　　⑤泗：泗水。淮：淮河。

　　⑥楚江东：指湖州所在地。长江流经楚地，故称楚江；湖州在江东（即江南），作者将迁任此处，故云。

【译文】

　　流离天涯，思绪无穷。相逢不久，便又匆匆别离。手牵着佳人，只能采一枝暮春的杏花，含泪赠离人。你问春天还剩多少，即便春意盎然，又能和谁一同欣赏？

　　隋堤正值三月，春水缓缓。此时鸿雁归来，我却要去飞鸿冬迁的湖州。回望旧地，清清浅浅的泗水在城下与淮河交汇。想要寄去相思的泪水，却怕它流不到湖州。

【评点】

　　苏轼自宋神宗熙宁十年（1077）夏赴徐州任，以自己的人品、政绩、文才赢得了徐州父老的爱戴。所以当宋神宗元丰二年（1079）春，苏轼由徐州调往湖州时，受到了徐州父老的深切挽留。于是他写下这首词，表达了自己对徐州的眷恋之情。

全词都是在抒发离别之情。上半部分写景，下半部分言情。上半部分起笔高迈，直写人生之慨，极有气势，为全文定下一种哀伤的基调。"天涯"一句，是作者对自己身世的感叹，同时也表达了自己对徐州的眷恋。"既相逢"四句，虽是对友人的寄言，但却没有半点缠绵哀怨。"和泪折残红"，这一句凄切哀婉，可见作者对友人、对徐州十分不舍。最后三句一唱三叹，把作者对徐州的留恋表现得深沉凝重。

词的下半部分写作者由满目凄凉的景色而引起的伤感别情。三月隋堤，水波荡漾；鸿雁北去，回家归乡；而自己呢，却要南下吴中，这是一恨。作者蓦然回首，泗水流向东南，途经徐州；但自己呢，尚不如这奔流之水，就要离徐州而去了，这是二恨。自己既然不能留下，那么委托泗水，一寄自己的相思之泪吧，可怎奈楚江东流，流不到湖州，这又是一恨。此三恨，足可使人悲痛断魂！

这首词情感激荡，肆意不羁，真挚感人。

临江仙·夜饮东坡醒复醉

夜归临皋。

夜饮东坡[①]醒复醉，归来仿佛三更。家童鼻息已雷鸣，敲门都不应，倚杖听江声。

长恨此身非我有[②]，何时忘却营营[③]？夜阑风静縠纹[④]平。小舟从此逝，江海寄余生。

【注释】

①东坡：位于今湖北黄冈市东。苏轼谪居黄州时曾在此筑雪堂五间，并以东坡为号。

②长恨此身非我有：指身不由己，不能掌控自己的命运。

③营营：指为功名利禄奔波。

④縠纹：细小的水纹。

临江仙·夜饮东坡醒复醉

【译文】

　　深夜在东坡饮酒，醉了又醒，醒了又醉，归来时好像已是三更。家童的鼾声有如雷鸣，我一直敲门也没人回应，只好拄杖听涛声。

　　我长恨身不由己，何时才能忘却追逐功名？夜深风静，波光粼粼。真想驾一叶扁舟，任意东西，在江河湖海上度过余生。

【评点】

　　这首词写于宋神宗元丰五年（1082），即苏轼贬居黄州的第三年。作者在雪堂（当时尚未完全建成）痛饮，醉归临皋住所后写下了这首词。寥寥几语，充满了作者退避社会，以及勉励自己看破名利、得精神之大自由的超脱情怀。

　　词的上半部分写作者醉后回家。起首两句，点明时间和地点，以及词人醉酒之深。"醒复醉"，醒了又醉，可见作者的确喝了不少。"仿佛"用得极其巧妙——作者竟然醉得连时间也不知道了，可谓神情毕现。"三更"也为下文的敲门不应埋下伏笔。最后两句写作者进不了家门，"倚杖听江声"，该有多少感慨！

　　词的下半部分言情。"长恨"两句，直抒胸臆，意味深长。"此身非我有"，感叹自己被外物所累，隐含着厌倦之情。"何时忘却营营"，写作者此时对名利富贵已经没有一丝留恋，只愿抛之而去。"夜阑"句，笔势渐收，作者是在写江景，亦是写自己的心境——宁静安详。"小舟"两句，是作者对未来的向往：应该置身于滔滔的江水，回归无限的自然，把一切凡尘俗事都抛开不顾，得到人生真正的超脱。

　　本词运笔潇洒率真，自然生动，非苏轼不能写，而"小舟从此逝，江海寄余生"二句，更是传颂至今的名句。

临江仙·忘却成都来十载

送王缄。

忘却成都①来十载,因君②未免思量。凭将清泪洒江阳③。故山知好在④,孤客⑤自悲凉。

坐上别愁君未见,归来⑥欲断无肠。殷勤且更尽离觞⑦。此身如传舍⑧,何处是吾乡!

【注释】

①成都：宋朝时，眉山属于成都府，这里指家乡。

②君：指王缄，苏轼妻弟。

③江阳：据《眉山县志》，江阳为刘宋时的故郡名，即眉州所辖的彭山县；一说指江的南面。

④好在：无恙，依旧。

⑤孤客：苏轼自谓。

⑥归来：送走王缄后。

⑦觞：酒器。

⑧传（zhuàn）舍：古时供来往行人居住的旅舍。

【译文】

亡妻离世已有十年了，我努力忘却悲痛，你却再一次勾起了往日的记忆。今日送别，请你将我伤心之泪带回家乡，洒向江头一吊。故山依旧，只是我归期无望，不禁悲从中来。

筵席上我的别愁你未感受到，但送你走后，我已忧愁断肠。只好借酒消愁，排遣离愁别绪。这副身体不停地奔波在旅舍之间，哪里才是我的家啊？

【评点】

宋神宗熙宁七年（1074）秋冬时节，苏轼的妻弟王缄自故乡眉山到杭州拜访苏轼。苏轼送王缄回家时作了这首送别词。这首词表达的思想感情与苏轼的《江城子·十年生死两茫茫》相似，都抒发了对亡妻的相思之情、缅怀之意。词的上阕写自己悲痛、伤心的缘由，下阕写离别之苦和内心的愁绪。整首词夹杂着对亡妻的思念、对故乡的怀念和对政治的无奈，乡愁、丧妻之痛和政治上的失意交织其间，展现了作者伤感、悲痛、凄苦的内心世界。

贺新郎·乳燕飞华屋

乳燕飞华屋①，悄无人，桐阴转午②，晚凉新浴。手弄生绡白团扇，扇手一时似玉。渐困倚，孤眠清熟③。帘外谁来推绣户？枉教人梦断瑶台曲，又却是，风敲竹④。

石榴半吐红巾蹙⑤。待浮花浪蕊都尽，伴君幽独。秾艳⑥一枝细看取，芳心千重似束。又恐被西风惊绿。若待得君来向此，花前对酒不忍触。共粉泪，两簌簌⑦。

【注释】

①乳燕：小燕子。飞华屋：赵彦卫《云麓漫钞》："尝见其真迹，乃'栖华屋'。"华屋，华美的房屋。

②桐阴转午：桐树的影子逐渐移动，时间指向午后。

③倚：倚枕侧卧。清熟：安然入睡。

④风敲竹：唐李益《竹窗闻风寄苗发司空曙》诗："微风惊暮坐，临牖思悠哉。开门复动竹，疑是故人来。"

⑤蹙：此指皱叠的样子。

⑥秾艳：茂盛，美丽。李白《清平调》诗："一枝秾艳露凝香。"

⑦两簌簌：指落花与粉泪纷纷落下。

【译文】

小燕子飞落在雕梁画栋的房屋上，不觉间，桐影已转过了正午，傍晚清凉时美人刚出浴。手握丝织的白团扇，纤手和扇子都白如美玉。渐觉困乏，倚枕安然入睡。此时不知是谁在帘外推门？空教人惊醒了瑶台好梦，侧耳一听，原来是阵阵清风拂过翠竹的声音。

半开的石榴花像红巾皱叠，待其他浮花浪蕊落尽后，它才静静地绽开，与美人共享幽静时光。细看一枝秾艳的石榴，花瓣千层恰似美人芳心紧束。只怕被西风吹落，只剩下叶子。美人来到，在花前饮酒也不忍去碰触它了。那时节，泪珠、花瓣，一同簌簌洒落。

【评点】

这是一首写闺中佳人孤单落寞的双调闺怨词，暗寄作者郁郁不得志的沧桑之感。

词的上半部分写佳人绝代倾城的情态。"乳燕"三句，写佳人所居之处的宁谧、清幽。"晚凉新浴"，指出时间是傍晚，情景是美人刚刚出浴。"凉"字衬托出美人的绝世脱俗。后面的"白团扇""玉手"，极言美人皮肤白皙、清丽高洁。在古人笔下，白团扇意味着红颜薄命，所以这一句也暗示了美人的命运。"渐困倚"六句，写她困后小睡，梦游仙境，随后又被风吹竹的声音惊醒。"渐困倚，孤眠清熟"，写出了佳人深深的孤寂。"枉"字，突出了其心中的无限哀怨与惆怅。

词的下半部分以花写人。"石榴"三句，赋石榴花以灵性，既是写花的形状和特性，也是写佳人的卓尔不群。"秾艳"两句以花之"形"写美人之"心"，暗示其高洁的品质，同时也展示了美人有情还似无情的情怀。"又恐"几句，明写花之易凋，实写人之易老。"惊"字写花的娇嫩，实写人的心理感受。在这里，花与人同病相怜，惺惺相惜，于是花落簌簌、泪亦簌簌。

本词寓情于物，虚实相生，手法高妙，美艳凄绝，读来令人哀婉。

定风波·莫听穿林打叶声

三月七日，沙湖①道中遇雨。雨具先去，同行皆狼狈，余独不觉。已而遂晴，故作此词。

莫听穿林打叶声，何妨吟啸②且徐行。竹杖芒鞋③轻胜马，谁怕？一蓑烟雨任平生。

料峭④春风吹酒醒，微冷，山头斜照却相迎。回首向来萧瑟处⑤，归去，也无风雨也无晴。

【注释】

①沙湖：在黄冈东南三十里处。

②吟啸：意态潇洒，吟诗长啸。

③芒鞋：草鞋。

④料峭：微冷。

⑤向来：刚才。萧瑟处：风雨吹打树林时的声响所在处。

【译文】

莫要听那穿林打叶的雨声。不妨低吟长啸缓步徐行。挂竹杖、穿草鞋，从容前行，胜过骑马，风狂雨骤有何可怕，披着蓑衣迎向风雨，度过此生。

料峭春风把醉意吹醒，感到了一丝凉意，山头的斜阳却应时相迎。回望刚才遇雨之处，反思自己平生经历，还是归隐山林吧，自然界和仕途上有晴雨，但我心中却没有晴雨。

【评点】

本词写于苏轼谪居黄州之时。这首词作者即兴抒怀，叙述了自己在路上遭遇一场风雨的经历，字里行间可见作者宠辱不惊的宽广胸怀，蕴含着深邃的哲理。

词的上半部分写作者路上遇雨。前两句写风雨"穿林打叶"，迅疾而来，既突出了风雨的狂暴，又反衬了起首的"莫听"，突出作者对风

定风波·莫听穿林打叶声

雨的不以为然。"莫听""何妨""且",以散文的句式入词,层层深入,揭示作者宠辱不惊、悠然自得的心境。"竹杖"句以俗语入词,把作者当时的悠然情怀刻画得淋漓尽致。"谁怕"两句拓展时空,更显作者面对无端风雨而仍能泰然不惊的旷达胸怀。

词的下半部分写风雨过后的作者所感。"料峭"三句,写风雨已去,天已放晴。"迎"字赋予斜阳以情感,让它体贴地迎接自己,此时谁都会心胸豁然。最后几句是作者在经历了这场大自然洗礼之后的所得:在大自然中有风风雨雨无端来去,人生亦是如此。但只要我们能调整好心态,从容面对,那么什么风雨都不能奈何我们!这样的感悟,与其说是作者在林中遇雨之所得,不如说是作者在经历人生风雨沉浮之后的洞彻。

这首词内容丰富,寓意深刻,能激发许多人的共鸣。

浣溪沙·旋抹红妆看使君

旋抹红妆看使君①,三三五五棘篱门②,相挨踏破蒨③罗裙。
老幼扶携收麦社④,乌鸢⑤翔舞赛神村,道逢醉叟卧黄昏。

【注释】

①旋:临时、急忙。使君:汉时对州郡长官的称呼,此处为苏轼自指。

②棘篱门:用荆棘编成的篱笆门。

③蒨:草名,可作红色染料。此即指红色。

④收麦社:收麦时节要去土地祠祭祀土地神。

⑤鸢:老鹰。祭祀时会有祭品,故鸟类会围绕飞翔,伺机觅食。

【译文】

　　村姑匆忙地梳妆打扮一番,三五成群地结伴走出荆棘编成的篱笆门,急切兴奋地争看太守,连心爱的红罗裙被拥挤的人群踏破也顾不得了。

　　村民们老幼相扶相携,来到土地祠,祭品引来了馋嘴的老鹰,在村头盘旋不下。黄昏时分,我遇到一个老头儿醉倒在路边。

【评点】

　　这首词写的是苏轼下乡巡视时的所见所闻。上阕写自己进村巡视,

浣溪沙·旋抹红妆看使君

引得村姑急急忙忙梳洗一番，竞相一睹太守风采的热闹场面。寥寥数语便将村民的朴实、憨厚及太守的体恤民情表现得淋漓尽致，勾勒出一幅太守与民同乐的图画。下阕描写了田地、祠堂的景象，表现的是一幅庄稼丰收、百姓扶老携幼集于土地庙前感谢神灵的画面，洋溢着百姓丰收后的喜悦。作者看到，在自己的治理下百姓安居乐业，大感欣慰。

整首词亲切自然，毫无雕琢之感，笔触生动朴实，语言清新，描绘了官民同乐、共庆丰收的欢愉场景。

浣溪沙·簌簌衣巾落枣花

簌簌衣巾落枣花，村南村北响缫车①，牛衣②古柳卖黄瓜。

酒困路长惟欲睡，日高人渴漫③思茶，敲门试问野人④家。

【注释】

①缫车：缫丝所用的车。

②牛衣：草制成的蓑衣，这里借指粗布旧衣。

③漫：颇，很。

④野人：农民。

【译文】

我从枣树下走过，枣花簌簌地落了一身，村子从南到北传来一片片缫丝车的声音。穿着麻布衣裳的农民坐在老柳树下叫卖黄瓜。

我喝过酒，长途赶路恹恹欲睡，烈日当头又使人口渴难耐。敲敲一户农民的院门，看他可否给我一碗浓茶解渴。

【评点】

这首词作于宋神宗元丰初年（1078）苏轼任徐州太守之时。那一年春旱，苏轼曾经到城外二十里的石潭求雨，后来果然入夏就得喜雨。在回石潭谢神的途中，作者意气风发，作《浣溪沙》五首，此为其四。词中叙写了作者乡间的所遇所感，颇有田园风味。

词的上半部分写初夏的田野风光：枣花轻轻飘落，作者的衣襟亦簌簌迎风，村南村北缫丝的声音不时入耳，间杂着古柳树下卖黄瓜老人的吆喝声。这些景物都是最能体现农村风貌的，作者将它们巧妙地连缀在一起，构成了一幅美妙的乡间图，读之如身在其中。

词的下半部分写作者的感受和行踪。前路漫漫，酒意困乏，他实在是想喝一杯清凉的茶水，于是"敲门试问野人家"。讨茶的方式本来是多种多样的，但像作者这般富于清新意味的讨法恐怕并不多见。此处表现了乡风之淳朴，同时也再现了作者本人对乡村生活的陶然享受——一场大雨之后，作者和村民们一样欢欣。

本词绘景逼真形象，栩栩如生；叙事又清新淡雅，脉脉含情。

浣溪沙·山下兰芽短浸溪

游蕲水清泉寺,寺临兰溪,溪水西流①。

山下兰芽短浸溪,松间沙路净无泥,萧萧暮雨子规啼②。

谁道人生无再少?门前流水尚能西!休将白发③唱黄鸡。

【注释】

①《东坡志林》卷一载:"(余)因往(沙湖)相田得疾,闻麻桥人庞安常善医而聋,遂往求疗……疾愈,与之同游清泉寺。寺在蕲水郭门外二里许。"蕲水,在黄州东面,今湖北浠水县。兰溪,兰溪水出于箬竹山,溪两侧多生兰草,故名。

②萧萧:同潇潇,雨声。子规:杜鹃的别名。

③休将:不要。白发:指年老。"休将白发唱黄鸡"一句典自白居易《醉歌》:"黄鸡催晓丑时鸣,白日催年酉前没。"

【译文】

　　山下溪边的兰草才抽出嫩芽,蔓延浸泡在溪水中。松柏夹道的砂石小路,经过春雨的冲刷,洁净无泥。时值日暮,松林间的杜鹃在潇潇细雨中啼叫着。

　　谁说人老后就不会再有少年时光呢?你看,那门前的流水还能执着反东,向西奔流呢!因而不必烦恼时光流逝,以白发之身愁唱黄鸡之曲。

【评点】

　　这是一首小令,写于宋神宗元丰五年(1082)春苏轼被贬黄州之时。当时作者游览蕲水清泉寺,发现这里的溪水竟然是自东向西流,顿生感慨,落笔生花,表达了自己对生活的热爱。

词的上半部分写景。起首一句围绕"兰溪"运笔,指出"兰溪"的由来。"沙路净无泥"写景色清新亮丽,可见作者胸襟之坦荡。"萧萧"句,一方面是写景,另一方面以"子规"这个暮春的典型事物,点出了当时的节气。作者细笔轻描,勾勒出一幅动人的图画,体现出作者对自然的热爱。

词人在下半部分借景抒情,发表自己的观点。"谁道"两句,以问句起首,极有气势,然后又以借喻作答,更为巧妙。这里隐含着作者对人生深深的思索:世上的河流都是自西向东流淌,而这兰溪却偏偏反其道而行之,岂不说明人间凡事无绝对?结尾一句从典故中化出,却又别出心裁,反其意而用之。这正是作者所推崇的人生境界:永不放弃、自强不息。

本词写景清淡自然,言情含蓄生动,情景交融,而又富于哲理,可见作者心中的慷慨豪情,这对后人颇有启示。

鹧鸪天·林断山明竹隐墙

时谪黄州。

林断山明竹隐墙,乱蝉衰草小池塘。翻空白鸟时时见,照水红蕖①细细香。

村舍外,古城旁,杖藜②徐步转斜阳。殷勤③昨夜三分雨,又得浮生^④一日凉。

【注释】

①红蕖：粉红色的荷花。

②藜：一种草本植物，老茎可做杖。

③殷勤：烦劳。

④浮生：其典取自《庄子·刻意》中"其生若浮，其死若休"，这里指人生。

【译文】

远处葱葱郁郁的树林尽头，有高山耸立，竹林围绕在屋舍周围，屋舍旁边有长满衰草的小池塘，蝉鸣缭乱。空中不时有白色的小鸟飞过，池中粉红色的荷花散发着幽香。

村舍之外，古城墙的近旁，我手拄藜木拐杖慢慢在斜阳下散步。多亏昨晚天公降下一场小雨，使人世间又多了清凉的一天。

【评点】

这首词作于宋神宗元丰六年（1083）夏苏轼谪居黄州期间。当时作者幽居乡野，颇感失意。全词通过对夏日雨后乡村野景的描写，表现出作者虽处逆境，却仍能保持坦然、平和的心境。

词的上半部分写景。前两句由远及近，描绘作者的居所。这两句写景参差错落，动中有静，静中有动，清丽明快。作者用"断""隐""明"写景，赋景物以灵性，把景物描绘得生动真切，栩栩如生；同时也从反面衬托出作者此时此刻的情态，这两句是使用拟人手法的绝佳范例。随后两句仍是写景。"翻空白鸟"，时隐时现，画面

鹧鸪天·林断山明竹隐墙

动感十足;"照水红蕖",飘香阵阵,意境清新幽静。"细细香",笔法细腻,把荷香如缕、时有时无的特色精准生动地写了出来,可谓妙笔天成。这两句对仗工整,一动一静,相互辉映,趣味盎然。

  词的下半部分写作者自己的乡居生活。前三句淡淡的几笔,勾勒出作者悠然而游的情态,颇为传神。收尾的两句是全词的重点,含义丰富。"殷勤"二字,以拟人的手法写雨。"浮生"从《庄子·刻意》"其生若浮,其死若休"句中化出,写游兴之盛,更突出作者虽遭困厄而仍能宠辱不惊、超然物外的人生境界。

本词写景清新亮丽，颇得渊明遗风，让人读之不忍释手。

昭君怨·谁作桓伊三弄

金山送柳子玉①。

谁作桓伊②三弄，惊破绿窗③幽梦？新月与愁烟，满江天④。

欲去又还不去，明日落花飞絮。飞絮送行舟，水东流。

【注释】

①柳子玉：名瑾，苏轼的亲戚。

②桓伊：字叔夏，小字子野，东晋时的音乐家，善筝笛。

③绿窗：碧纱窗。

④新月与愁烟，满江天：典出张继《枫桥夜泊》："月落乌啼霜满天，江枫渔火对愁眠。"

【译文】

不知是谁吹起了优美的笛曲，将人从好梦中惊醒。推开窗户，只见江水茫茫，空荡荡的天上，挂着一弯孤单的新月。

明日分别时，送别的人当站立江边，久久不愿回去；多情的柳絮像是明白我的心愿，追逐行舟，代我送行。而滔滔江水，依旧东流入海。

【评点】

宋神宗熙宁六年（1073）冬，时任杭州通判的苏轼赶往常州（今江苏常州）、润州（今江苏镇江）一带赈饥，正赶上好友柳子玉要去舒州（今安徽安庆）灵仙观，于是二人同行。第二年春，苏轼在金山送别柳子玉时作了这首词。本词虚实结合，含蓄深沉，表达了两个人离别时的浓浓愁绪。

词的上半部分写离别之景。开篇两句以问句起首，新颖别致，用典巧妙，着一个"梦"字，暗示出了送别的主题。随后两句以景写情，写梦醒后见到的江天景色。连缀新月、烟云、天空、江面等景，全面地写

昭君怨·谁作桓伊三弄

出了离别的场景。"愁"字是点睛之笔，使所有的景物都蒙上了一层淡淡的愁绪，可谓着一字而境界全出。

词的下半部分是作者对"明日"分别情景的联想。"落花飞絮"点明了时间，在这样的日子里送别，使人更添离愁。结尾两句，"飞絮送行舟"，以无情之流水反衬有情之离人，感情真挚，收笔空灵浩渺，如空谷回音。

本词寓情于景，情景交融，是作者真情的流露，感人至深。

蝶恋花·花褪残红青杏小

春景①。

花褪残红青杏小。燕子飞时，绿水人家绕。枝上柳绵②吹又少，天涯何处无芳草？

墙里秋千墙外道。墙外行人，墙里佳人笑。笑渐不闻声渐悄③，多情却被无情恼。

【注释】

①本词作于宋哲宗绍圣三年(1096)作者被贬到惠州之时,甚或更早。
②柳绵：柳絮。
③悄：消失。

【译文】

春天将尽，百花凋零，杏树上已经长出了青涩的果实。有燕子飞过天空，清澈的河流围绕着村落人家。柳枝上的柳絮已被吹得越来越少，但不要担心，天涯到处都可见茂盛的芳草。

围墙里面，有一位少女正在荡秋千。少女发出动听的笑声，被墙外的行人听见。慢慢地，围墙里面的笑声就听不见了，行人惘然若失，仿佛自己的多情被少女的无情所伤害。

【评点】

这首小令伤春惜时，颇值得玩味。

词的上半部分写春景。起首一句点出时令，即春末夏初。花儿褪去，只留残红，这是衰败的景象。虽有枝头青杏，但一个"小"字，又衬出自然代谢之无情，令人顿生伤感。"燕子飞时"两句，视角转换：广阔的天空中，燕子自由飞翔，画面感十足。"柳绵""芳草"两句是对逝去春光的感怀，一唱三叹，音韵和婉，手法精妙，更带有一种哀怨之情、延绵不尽的意味。由此可见，苏轼不仅善于抒豪迈之情怀，而且在缠绵的婉约词方面，功力同样不浅。

词的下半部分言情。作者通过对人物之间的关系和人物行动的描写，表达了自己对爱情以及人生的思考。"墙"在这里颇有现代"围城"的味道，把内外"多情"和"无情"的人分隔开来。两者一笑一恼，对比鲜明。而且作者以顶真的手法把两句连在一起，可谓妙笔生花，只可偶得，不可求得，韵味十足。由有情到无情，蕴含了作者对矛盾人生的思考。结尾落于情语，言有尽而意无穷。

本词写景抒情，情景交融，暗含人生哲理，真率自然，感人肺腑，体现了苏轼情词的特色。

蝶恋花·雨后春容清更丽

京口得乡书①。

雨后春容清更丽。只有离人,幽恨终难洗。北固山②前三面水。碧琼梳拥青螺髻③。

一纸乡书来万里。问我何年,真个成归计。白首送春拚一醉。东风吹破千行泪。

【注释】

①宋神宗熙宁七年(1074),苏轼在杭州通判任上,曾到京口(位于今江苏镇江市)。

②北固山:位于京口北面,北峰三面临水,十分险峻。

③碧琼梳:指水。青螺髻:喻山。

【译文】

雨后京口春光更加清朗秀丽,只有那离乡在外之人,深藏在心中的忧愁和怨恨难以被冲洗掉。北固山突入长江,三面环水,那美景如同用碧绿美玉做成的梳子聚拢着黑色螺壳状的发髻。

一封家书不远万里而来,问我何时才能实现归乡的计划。白发人送别春光,内心十分忧伤,只好一醉方休,只见那东风殷勤地吹落我的眼泪。

【评点】

这首词写于宋神宗熙宁七年(1074)。当时苏轼任杭州通判,被派到京口等地赈济灾民。这时候恰好收到家书,于是他写下此词聊表思乡之

蝶恋花·雨后春容清更丽

情。作者在外为官，仕途坎坷。一封家书寄自万里之外，勾起他多少离愁别恨！借酒消愁，却落得悲上加悲。山清水秀，更平添几多愁绪，有家难归之意溢于言表，真情感人，可谓佳作。

西江月·世事一场大梦

世事一场大梦，人生几度新凉？夜来风叶[①]已鸣廊，看取眉头鬓上[②]。

酒贱常愁客少,月明多被云妨③。中秋谁与共孤光④?把盏凄然北望。

【注释】

①风叶:风吹动树叶的声音。

②眉头鬓上:指眉头上的愁思,鬓上的白发。

③月明多被云妨:暗指作者被谗言中伤遭贬。

④孤光:指独在中天的月亮。

【译文】

世上万事恍如一场大梦,人生已经历了几度寒冷的秋天?到了晚上,凉风吹动树叶发出的声音回响在回廊里。看看自己,眉头鬓上又多了几根银丝。

酒并非佳酒,却怕少有人陪,就像月光明亮却怕被云遮住。这中秋之夜谁能和我一同来欣赏这美妙的月光?我只能举起冷杯残酒,凄凄然向着北方怅望。

【评点】

这首词写于宋神宗元丰三年(1080)中秋。全词格调凄婉、低迷,饱含着人生如梦的感慨,是作者被贬后沉郁心情的写照。

词的上半部分借景抒情,满是落寞惆怅。前两句起笔高迈,以理先行,抒发了世事如梦的感慨,苍凉凄婉,为全词营造了一种悲凉的氛围。"世事一场大梦",一方面作者是写自己往昔的岁月不堪回首,另一方面也说明作者对人生抱有一种冷漠和厌弃的态度。"几度"二字,写光阴似箭,韵味十足。"新凉"是作者对往昔美好年华的哀叹。最后两句与第一句相照应,用身边之景衬人生之叹,情感上更进一步。作者

西江月·世事一场大梦

在这里巧妙地选取了秋风和落叶两个意象,使之与自己的情感完美融合,形象贴切,效果甚佳。

  词的下半部分抒写人生感慨。"酒贱"一句,暗写作者当时所处的悲惨境地,因罪遭贬。世态炎凉,作者这时候方知世人所看重的只是权势富贵。"月明"句,暗写作者是被小人所谗。最后两句落于情语,深含着作者心中的无限凄凉和哀伤落寞。"北望"二字写作者壮心不改,并没有被眼前的困境所吓倒。他对朝廷仍然抱有希望,对人生也仍然怀有希冀。

这首词篇幅虽短,但融叙事、写景、议论、抒情于一体,情景交融,感情真挚,读之令人辛酸。

西江月·照野弥弥浅浪

顷①在黄州,春夜行蕲水②中,过酒家饮。酒醉,乘月至一溪桥上,解鞍,曲肱③醉卧少休。及觉已晓。乱山攒拥,流水锵然,疑非人世也。书此语桥柱上。

照野弥弥④浅浪,横空暧暧层霄。障泥未解玉骢骄⑤,我欲醉眠⑥芳草。可惜一溪风月,莫教踏碎琼瑶⑦。解鞍欹枕绿杨桥⑧,杜宇⑨一声春晓。

【注释】

①顷:近时。

②蕲水:县名,今湖北浠水。

③曲肱:弯曲手臂当枕头。《论语·述而》载孔子说:"饭疏食,饮水,曲肱而枕之,乐亦在其中矣。不义而富且贵,于我如浮云。"此用其意。

④弥弥:水盛的样子。

⑤障泥:马鞯,垫在马鞍下,垂于马背两旁以挡泥土。玉骢:良马。骄:壮健的样子。

⑥我欲醉眠:萧统《陶渊明传》说陶渊明醉时对客说:"我醉欲眠,卿可去。"表现了一种豪放率真的态度。

⑦琼瑶：美玉，喻水中皎洁的月影。

⑧绿杨桥：在黄冈东面。

⑨杜宇：指杜鹃鸟。

【译文】

月光落在微波粼粼的河面上，天空几丝暗红的云彩，安静温暖。我在河边下马，马儿此时尚气宇昂扬，但我已不胜酒力，真想倒在这芳草中睡一觉。

这小河中的清风明月多么可爱，马儿呀，可千万不要踏碎那水中的月亮。我解下马鞍做枕头，斜卧在绿杨桥上进入了梦乡，听见杜鹃叫时，已是天明。

【评点】

这首词作于苏轼被贬于黄州期间，是一首描绘蕲水夜景的山水词，字里行间可见作者内心的安适、淡泊。这种词，非胸襟豁达者不能写出。

词的上半部分的前两句写作者路上的见闻。明月皎洁，映照着大地，田野宽阔，天宇浩荡无边，笼罩着一层微云——这样的夜景，正与作者的情怀相应。"障泥"一句，从典故中化出，赋坐骑以灵性，然后从侧面写溪流，运笔巧妙。"我欲"一句，写作者可爱的醉态；他欲眠于芳草，可见芳草之柔美。

词的下半部分言情。月光正明，水光迷离，这样的景色足可如美酒一般让人沉醉，谁又忍心将它破坏？作者在这里表达的不仅是对景色的珍惜，更是对人生所有美好事物的眷恋，境界高迈。"解鞍"句，写作者枕于鞍，眠于草，充分体现了他率意而为、豪放不羁的人生境界。

"杜宇一声"催人起,眼前所见,又是别样风景。收尾一句,把人引入一种美好的联想之中,可谓言有尽而意无穷,这样高超的手法不得不让人叹服。

这首词寓情于景,情景交融,境界空灵浩渺,如空谷回音,读之回味无穷,令人神往。

行香子·一叶舟轻

过七里濑①。

一叶②舟轻,双桨鸿惊。水天清,影湛③波平。鱼翻藻鉴④,鹭点烟汀⑤。过沙溪急,霜溪冷,月溪明。

重重似画,曲曲如屏⑥。算当年,虚老严陵⑦。君臣一梦,今古空名⑧。但远山长,云山乱,晓山青。

【注释】

①七里濑:又名七里滩、七里泷,位于今浙江省桐庐县城南三十里处。钱塘江两岸山峦夹峙,水流湍急,连绵七里,故名七里濑。濑,砂石上急流过的水。

②一叶:舟轻小如叶,故称"一叶"。

③湛:水清澈。

④藻鉴:亦称藻镜,指背面刻有鱼、藻之类纹饰的铜镜,这里比喻像镜子一样平的水面。藻,生活在水中的一种隐花植物。鉴,镜子。

⑤汀:水中或水边的平地,小洲。

⑥屏：屏风，室内用具，用以挡风或障蔽。

⑦严陵：即严光，字子陵，东汉人，与刘秀曾是同学，后来帮助刘秀打天下。刘秀称帝后，他隐居起来。之后，刘秀曾多次派人请严陵做官，都被他拒绝了。

⑧空名：严陵隐居富春江畔后，终日钓鱼。但世人多认为严陵钓鱼是假，"钓名"是真。这里说，刘秀称帝和严陵垂钓都不过是梦一般的空名而已。

【译文】

一叶小舟，双桨摇荡，像惊飞的鸿雁一样，飞快地掠过水面。天空碧蓝，水色清明，波平如镜。水中游鱼，清晰可数，不时跃出明镜般的水面；水边沙洲，白鹭点点，悠闲自得。白天之溪，清澈见底；清晓之溪，清冷而有霜意；月下之溪，晶莹透明。

两岸连山，往纵深看则重重叠叠，如画景；从横列看则曲曲折折，如屏风。笑严陵当年白白在此终老，不曾真正领略到山水佳处。皇帝和隐士，而今也已如梦一般消失，只留下空名而已。只有远山连绵，重峦叠嶂；山间白云，缭绕变幻；晨曦中的山林，郁郁葱葱。

【评点】

这首词作于宋神宗熙宁六年（1073）春。当时苏轼任杭州通判，曾由新城至桐庐，乘轻舟经过富春江，遍游当地的山水名胜。词作对当地的美景进行了精彩的描绘，同时也寄托了作者超尘脱俗、悠然自得的情怀。

词的上半部分写景。作者分三个层次写这里的美景：开篇两句是第一层，从乘坐的交通工具入手，总起全篇。"水天清"开始的四句为

苏东坡·辛弃疾词

○六二

行香子·一叶舟轻

第二层，是对两岸风光的描写。作者运笔疏淡、动静结合、有点有面地再现了这一片大好河山，其对大自然的热爱表露无遗。最后三句是第三层，从时空的角度写景色之美，意境凄清、冷峻，隐含了作者对人生的体悟，同时又为下文的抒情做好了准备。

词的下半部分写山势，顺势抒怀。"重重""曲曲"叠字连用，把群山起伏连绵的形态描绘得惟妙惟肖。"算当年"四句，从典故中化出，引出人生如梦的感叹，隐含哲思。结尾三句由一个"但"字领起，落于景语，表达了作者对人生苦短、自然永恒的感慨。

本词清疏明丽、高迈洒脱、刚柔并济，既富优美的画面感，又含深邃的哲理，引人深思。

满庭芳·蜗角虚名[1]

蜗角[2]虚名，蝇头[3]微利，算来着甚干忙。事皆前定，谁弱又谁强。且趁闲身未老，须放我，些子[4]疏狂。百年里，浑教是醉，三万六千场[5]。

思量，能几许？忧愁风雨，一半相妨。又何须，抵死说短论长。幸对清风皓月，苔茵展，云幕高张。江南好，千钟美酒，一曲满庭芳。

【注释】

①本词作于宋神宗元丰五年（1082）苏轼贬谪黄州时。

②蜗角：蜗牛的角，比喻十分微小。语出《庄子·则阳》："有国于蜗之左角者，曰触氏；有国于蜗之右角者，曰蛮氏。"两族常为争地而战。

③蝇头：本指小字，此处形容微小。

④些子：一点儿。

⑤"百年里"三句：语出李白《襄阳歌》："百年三万六千日，一日须倾三百杯。"

【译文】

微小的虚名薄利，有什么值得为之忙个不停呢？名利得失之事自有因缘，得者未必强，失者未必弱。赶紧趁着人未老之时，抛弃束缚，放纵自我，逍遥自得一点儿。人生一百年，我愿大醉三万六千次。

细思量，一生中日子有一半是被忧愁所干扰。又何必一天到晚说长道短呢？不如对着清风皓月，以青苔为褥席，以高云为帐幕，宁静地生活。江南的生活多好，一千钟美酒，一曲优雅的《满庭芳》。

【评点】

这首词以议论为主，感情强烈而富含哲理，是作者对自己风雨人生的总结和彻悟之语。全词抒情坦荡率直，充分体现了作者旷达脱俗的心灵境界和坦然自若、及时行乐的人生态度。

词的上半部分以议论开篇，结合《庄子》中的典故，艺术地总结出世人所追逐的名利权势其实都是虚幻无用的东西。"蜗角虚名，蝇头微利"，可见作者对名利的鄙视和嘲讽。随后一句"算来着甚干忙"，直说名利的实质——虚幻而不能长久。作者想到自己政治上遭到的迫害，不由得唏嘘："事皆前定，谁弱又谁强。"至此作者终于得到解脱之法，那就是远离世俗、洁身自好。"浑"字，既含有对世俗的不满之情，也是作者渴望摆脱俗世羁绊、求得解脱的痴语。

词的下半部分夹叙夹议。"思量"四句，是作者对以往悲惨人生的痛苦追忆,是如今回首所引发的深沉嗟叹。"又何须"两句,是作者看破世事之后的叹息之语,浸透着伤感,读之令人辛酸。随后一句情景交融,以"幸"字总领,是作者豁然之后的深情流露。结尾一句,作者的情绪已经完全转向乐观积极——这样的欢乐才是人生中真实的幸福,蕴含深邃的哲理,使这个恍然醒悟的狂放老者的形象呼之欲出。

这首词从讥讽到抨击、到怡然自适,情理交融,肆意不羁,用语率真、自然,可见完全是从作者的心中流出,但轻狂的背后亦暗含着一丝无可奈何。

满江红·清颍东流

怀子由[1]作。

清颍[2]东流,愁来送,征鸿去翮[3]。情乱处,青山白浪,万重千叠。孤负当年林下[4]意,对床夜雨听萧瑟。恨此生长向别离中,雕华发[5]。

一尊酒,黄河侧。无限事,从头说。相看恍如昨,许多年月。衣上旧痕余苦泪,眉间喜气占黄色[6]。便与君,池上觅残春,花如雪。

【注释】

①子由:作者的弟弟苏辙的字,时在汴京。

②颍:淮河的支流——颍水,颍州在其下游。

③翮(hé):羽根。此指鸟翼。

④林下:山林家园之中,这里指退隐之处。

⑤华发:花白头发。

⑥"眉间"句：古代有种说法，眉间有黄色是喜庆的征兆。这里借以预祝兄弟不久将与作者相聚。

【译文】

　　清清的颍水东入淮河，送来了愁怨，如同飞雁失掉了翅膀。情思烦乱，就像那河水拍击着青山，激起千万朵浪花。我辜负了当年早退山林、对床而卧夜听雨声之约。怨恨这一生常常处在别离中，任时光增饰了满头白发。

满江红·清颍东流

相聚于都城汴京,共饮一壶酒。把那无限多的事,一一从头诉说。以前兄弟会面时的情景仿佛还像是昨天的事,但一晃已过去了许多年。衣服上还留有往昔思念之泪的痕迹,但眉间已有黄色,这是喜庆的征兆。到时便可以和你一起在凤凰池上寻觅晚春花,看它飘落如雪的美景。

【评点】

这首词写于宋哲宗元祐七年(1092),当时作者任颍州(今安徽阜阳)知州。此词属于怀人之作,表达了苏轼对其弟子由的思念之情。词的上阕写的是对弟弟的怀念,下阕是对兄弟二人相聚时喜悦场景的想象。这首词真实地再现了苏轼当时的内心世界,也蕴含着苏轼对官场的失望、厌恶之情。

全词感情真挚,语言清丽,意境开阔,将亲情的珍贵表现得恰到好处,同时也表现了作者对官场的厌恶和对自由生活的渴望。

一丛花·今年春浅腊侵年

初春病起。

今年春浅腊侵年[①],冰雪破春妍。东风有信无人见,露微意、柳际花边。寒夜纵长,孤衾易暖,钟鼓渐清圆。

朝来初日半衔山,楼阁淡疏烟。游人便作寻芳计,小桃杏,应已争先。衰病少惊[②],疏慵自放,惟爱日高眠。

【注释】

①春浅：春迟。腊：岁终之祭，祭日在入冬后约20天。
②少惊：少乐趣。

【译文】

今年春迟，春意在冰雪中等待展放。虽然东风已传达了春天的信息，但无人理，只有花柳微微透露出些许春意。纵然夜寒且长，但毕竟已是大地回春，棉被易暖，就连那报时的钟鼓声也显得分外清圆悦耳。

早晨，阳光半隐在山后面，楼阁周围也萦绕着淡淡晨雾。游人准备去郊苑寻芳，想那小桃杏花应该争先恐后地开放了吧。尽管春回大地，可惜我病体初愈，少欢乐之趣，慵懒疲乏，只喜欢一觉睡到太阳高高升起。

【评点】

这首词是即兴之作，描写了初春时节作者疾病初愈时的独特心理感受，并以之为线索贯穿全篇，通过刻画日常生活场景及事物，表达了作者初春病愈后的喜悦之情。词中所写虽然皆是生活琐事、平凡景物，但却透露着作者热爱生活、享受生活的乐观态度。

上阕主要写词人初春病愈的喜悦之情。初春时分，春回大地，万物复苏，花鸟知春意，虫草解风情。虽然春寒未去，但作者病愈后的欢愉之情仍然溢于言表。

下阕主要写初春晨景，表现了作者闲适、慵懒的心境。前两句通过描写楼阁景色，表现了作者对春的喜爱，这是病愈后的独特心理感受。最后三句"衰病少惊，疏慵自放，惟爱日高眠"，笔锋一转，体现了作者别样的心理感受，这种变化是病起之人所特有的。作者将此刻画得入木三分，深得其妙。

本词构思奇巧，布局独特，语言优美，将作者初春病起的心理感受刻画得十分准确。

少年游·去年相送

润州①作，代人寄远。

去年相送，余杭②门外，飞雪似杨花。今年春尽，杨花似雪，犹不见还家。

对酒卷帘邀明月，风露透窗纱。恰似姮娥③怜双燕，分明照、画梁斜。

【注释】

①润州：今江苏镇江一带。

②余杭：杭州。

③姮娥：传说中的月中女神嫦娥。《淮南子·览冥》："羿请不死之药于西王母，姮娥窃以奔月。"后因避汉文帝刘恒讳，改"姮"为"嫦"。此处以姮娥代月。

【译文】

去年相送于余杭门外，大雪纷飞如同杨花飘落。如今春天已尽，杨花飘絮似雪，却不见人归来，怎能不叫人牵肠挂肚？

卷起帘子，举起杯引明月做伴，可是风露又乘隙而入，透过窗纱，扑入襟怀。月光无限怜爱那双宿双栖的燕子，把它的光辉与柔情斜斜地洒向画梁上的燕巢。

【评点】

这首词作于宋神宗熙宁七年（1074）春末。当时作者在润州赈济灾民，已近半年没有回家与妻子团聚了，于是作此词以寄情怀。本词写思妇怀远人，其实是在写作者自己的不归之感，运笔缠绵哀怨，可见夫妻情深。

词的上半部分写分别已久，思妇犹不见离人归家。起首三句是对当

少年游·去年相送

时离别情景的回忆，点出时间和地点。"飞雪似杨花"，把人带入一种迷离、惆怅的氛围之中，为下文埋下了伏笔。随后的三句写现今思妇对亲人的思念。"飞雪似杨花"的情景依然历历在目，而如今已是"杨花似雪"，亲人却仍是未归，于是思念之情油然而生。这一片通过今昔对比，反衬离情，用语巧妙，飞雪和杨花的互比更是难得的妙笔。

词的下半部分写夜里女主人公对月思人的孤单和苦闷。"对酒"两句，由李白"举杯邀明月，对影成三人"的诗句中化出，写主人公寂寞难挨的情态。最后三句情景交融，以景写情，如一幅幽美迷离的画卷，让人沉醉。燕子尚且成双，怎奈人却形单影只，这是一处对比，写妻子落寞难挨；另外"姮娥"与妻子又是一个类比，写妻子的相思之苦。这几句感情真挚，手法高妙，读之感人肺腑。

本词以物写人，融情于景，新奇别致，烘托出一种幽深、清丽的意境，读来让人耳目一新。

南乡子·东武望余杭

和杨元素①，时移守密州。

东武②望余杭，云海天涯两杳茫。何日功成名遂了，还乡，醉笑陪公三万场③。

不用诉离觞，痛饮从来别有肠。今夜送归灯火冷，河塘④，堕泪羊公却姓杨⑤。

【注释】

①杨元素：名绘，宋神宗熙宁七年（1074）夏接替陈襄为杭州知州。秋季，苏轼由杭州通判调为密州知府，与杨绘饯别于西湖上，唱和此词。

②东武：密州的州治。

③"醉笑"句：唐李白《襄阳歌》："百年三万六千日，一日须倾三百杯。"此化用其意。

南乡子·东武望余杭

④河塘：指沙河塘，在杭州城南五里处，宋时为繁华之区。

⑤"堕泪"句：据《晋书·羊祜传》记载，羊祜是西晋时的名臣。羊祜死后，百姓们为其建庙立碑，望其碑者，莫不流涕。杜预因此将它命名为"堕泪碑"。这里以杨绘比羊祜，"羊""杨"音同。

【译文】

在东武眺望杭州，云海相隔，路途遥远，天涯两茫茫。何时才能功成身退，衣锦还乡，好好陪你喝酒，大醉它三万次。

不用倾诉离别之苦，痛饮别酒本来就另有一番衷肠。今晚相送而归时，河堤上的灯光已经稀疏了。此后老百姓纪念的人就是杨公你了。

【评点】

这首词是苏轼唱和杨绘的应酬之词。词中苏轼既表达了对杭州的依依不舍之情，也表达了对杨绘人品的敬佩、赞赏之情，并从侧面反映了作者对自己出任州官的喜悦。全词大气磅礴，节奏感很强，体现了苏轼的豪爽和多情。

望江南·春未老

超然台作①。

春未老②，风细柳斜斜。试上超然台上看，半壕③春水一城花。烟雨暗千家。

寒食④后，酒醒却咨嗟。休对故人思故国，且将新火试新茶⑤。诗酒趁年华。

【注释】

①题名一作《暮春》。

②老：这里指季节最浓之时，即晚春季节。

③壕：指护城河。

④寒食：节气名，在清明节前一日或二日。

⑤新火：寒食禁火，节后生火谓之"新火"。新茶：此指寒食前所采制的茶，称"火前茶"，为茶中佳品。

【译文】

春天才刚刚开始，细风微微，柳枝随之起舞。登上超然台远远眺望，护城河中只满一半的碧水微微闪动，城内则是缤纷竞放的春花。更远处，千家万户均在雨影之中。

寒食节过后，酒醒了却仍旧惆怅、叹息不已。还是不要对着故人思念家乡吧，且点上新火，煮一杯刚采的新茶。作诗、醉酒都要趁尚未衰老的大好年华啊。

【评点】

宋神宗熙宁七年（1074）秋，作者从杭州调任密州。第二年夏，他重修城北的旧台，并根据其弟苏辙的题名，称此台为"超然台"。熙宁九年初春，苏轼登台远望，引发了思乡之情，于是挥毫写下了这首词，从中可以看出作者超然的襟怀和"用舍由时，行藏在我"的人生态度。

词的上半部分写景。第一句起笔不凡，用拟人的手法总写春天的景色。"风细柳斜斜"，点明时令。"试上"三句，直写作者登台望远。"半壕春水一城花"，运笔精简。作者通过极强的观察力，抓住了这些景物所独有的特色，然后把它们有机地联系起来；色彩上对比鲜明，一明一暗，极尽变幻之能事，使所绘之景生动形象地展现出来。

词的下半部分抒情。寒食节刚刚过去，已是清明时节，人们都忙着踏青扫墓，而作者却离家万里。此情此景，怎能不让人唏嘘！"酒醒"说明作者是醉后登台。为什么醉酒呢？想必也是因为思乡。"新茶"与"诗酒"是作者借以排解乡愁的事物，借酒消愁，足见愁苦之深；但从另一方面来讲，作者并不是被动地忍受愁闷的困扰，而是在进行有意识的、积极的调适和应对。这是一个暗处的转折，为下文的抒情奠定了基础。最后一句，作者完全从愁闷中解脱出来，重新成为那个超然物外的豪放老翁。

这首词短小玲珑，但含蓄深沉，连珠妙语似随意而出，清新自然，显示了作者深厚的艺术功力。

虞美人·波声拍枕长淮晓

波声拍枕长淮①晓，隙月②窥人小。无情汴水③自东流，只载一船离恨别西州④。

竹溪花浦曾同醉，酒味多于泪。谁教风鉴⑤在尘埃？酝造一场烦恼送人来！

【注释】

①长淮：指淮河。

②隙月：（船篷）隙缝中透进的月光。

③汴水：古河名。唐宋时将出自黄河至淮河的通济渠东段全流统称汴水或汴河。

④西州：晋宋时的建业城门名。

⑤风鉴：风度见识。

【译文】

饮别后归卧船中，只听到淮水波声，如拍枕畔，不知不觉又天亮了。从船篷缝隙中所见之残月是那么小。汴水无情，随着故人东去；而我却满载一船离愁别恨，独向西州。

竹溪的花浦之间，你我曾经一同大醉，当日欢聚畅饮时的情谊胜过别后的伤悲。你这样优秀的人才怎会沦落、埋没在俗世中呢？想起此事，新的烦恼又不禁扰人而来。

虞美人·波声拍枕长淮晓

【评点】

这首词写于宋神宗元丰七年（1084）冬。当时苏轼与秦观会面，而后在秦淮河上临别对饮。此词便是作者与秦观饮别后的有感之作。上阕写二人饮别后的情形。作者与秦观临行对饮，依依不舍；回到船上后，愁思满怀，彻夜难眠。"无情汴水自东流，只载一船离恨别西州"为传世名句。前人作过很多以水喻愁之句，但是这里作者另辟蹊径，将愁物化了，使得抽象的愁绪有了形态、重量，这个比喻因此常常被后人化用。下阕回忆二人当年一起出游的往事。整首词表现了苏轼与秦观之间深厚的友情。

点绛唇·红杏飘香

红杏飘香,柳含烟翠拖轻缕①。水边朱户。尽卷黄昏雨。

烛影摇风,一枕伤春绪②。归不去。凤楼何处。芳草迷归路。

【注释】

①柳含烟翠拖轻缕:这里以春色暗示伊人之美好。
②伤春绪:即相思情。

【译文】

红杏散发着缕缕清香,翠柳如烟,垂丝拂拂。临水的凤楼朱户里,美人卷起门帘向外打探,所见一片黄昏雨而已。

烛影微微晃动,美人卧在床上,愁绪满怀,相思成疾。回不去了。凤楼朱户在何处呢?芳草萋萋掩盖了归去的路。

【评点】

这是一首怀人的作品,构思精巧,意境高远,感情真挚,引人共鸣,可见苏轼除了豪放词写得出色外,婉约词也写得非常好。"红杏飘香,柳含烟翠拖轻缕"勾勒了一幅美丽的春景图。接下来两句由景及人。"水边朱户"指出美人所居之地。"尽卷黄昏雨"暗写美人的愁情。

"烛影摇风,一枕伤春绪"回应上阕的"尽卷黄昏雨",写美人的相思意,实是写作者的思念之情。美人因相思太甚,竟病卧床上。"归不去"表现了作者的深深遗恨。"何处"二字更将这种遗恨推向顶点,暗示二人之间存在无法逾越的鸿沟。"迷"字掷地有声,怅然若失之感不言自明。

点绛唇·红杏飘香

醉落魄·苍颜华发

苏州阊门[①]留别。

苍颜华发,故山归计何时决!旧交新贵音书绝,惟有佳人,犹作殷勤别。

离亭欲去歌声咽,潇潇细雨凉吹颊。泪珠不用罗巾浥,弹在罗衫,图得见时说[②]。

【注释】

①苏州阊门：春秋末期，伍子胥始筑吴都，阊门是这座城池"气通阊阖"的首门。

②"泪珠"句：典出武则天《如意娘》诗："看朱成碧思纷纷，憔悴支离为忆君。不信比来长下泪，开箱验取石榴裙。"

【译文】

容颜苍老，白发满头，回家的计划不知何时能实现。老友新朋都已断了联系，只有你殷勤为我设宴饯行。

就要告别而去，开口未歌先凄咽，细雨和凉风吹打着面颊。不要用手帕擦眼泪，就任它洒满衣衫吧，再次相会时，便把这作为相知、相念的凭证。

醉落魄·苍颜华发

[评点]

　　这首词写于宋神宗熙宁七年（1074）秋。当时苏轼正在从杭州到密州的路上，途经苏州时，有歌女在阊门为他设宴饯行，苏轼便写了这首词酬谢她。这首赠词没有遵循固有的抒情原则，而是从自己对身世的感慨出发，别出心裁。作者对歌女生出"同是天涯沦落人"之感，以之为知音，并通过"旧交新贵音书绝"和"惟有佳人，犹作殷勤别"表现歌女不嫌贫爱富、谄媚权贵的高尚节操。这首词浑然天成，毫无雕琢之感。

　　苏轼一生都处于"欲仕不能，欲隐不忍"的矛盾之中。自从他反对变法之后，政治上便总是处于失意状态，因而回乡隐居的念头便不断涌现。这首词也暗含了他的这种思想。

南歌子·山与歌眉敛

杭州端午①。

山与歌眉敛，波同醉眼流。游人都上十三楼②，不羡竹西③歌吹、古扬州。

菰黍连昌歜④，琼彝倒玉舟⑤。谁家《水调》唱《歌头》⑥，声绕碧山飞去、晚云留。

[注释]

①一本题作《游赏》，宋哲宗元祐五年（1090）苏轼为杭州知州

时作。

②十三楼：杭州名胜。

③竹西：扬州（今属江苏）亭名。唐代诗人杜牧《题扬州禅智寺》诗："谁知竹西路，歌吹是扬州。"

④菰黍：即粽子。菰即茭白，此指裹粽菰叶。昌歜(chù)：宋时将菖蒲嫩茎切碎，食之，名昌歜。

⑤琼彝：玉制酒器。玉舟：酒杯。

⑥《水调》唱《歌头》：即唱《水调歌头》。

南歌子·山与歌眉敛

【译文】

　　歌女眉头黛色浓聚，就像远处苍翠的山峦；醉后眼波流动，就像湖中的潋潋水波。凡是来游西湖的人，没有不上十三楼的。此处唱歌奏乐，繁华异常，不必再羡慕前代扬州的竹西亭了。

　　宴会上的粽子和菜肴精致美味，漂亮的酒壶不断地往杯中倒酒。不知谁唱起了《水调歌头》，歌声婉转、悦耳，最后飘绕碧山而去，只留下傍晚的丝丝流云。

【评点】

　　这首词是苏轼在杭州于端午节游赏十三楼时的应景之作。本词虽然以十三楼为重点，但是却并未详细描写十三楼的风景，而是着重写作者在十三楼的活动，比如听歌、饮酒等，体现了作者享受生活的态度。在这首词中，作者运用了对比的修辞手法，将十三楼的景色与扬州相比，突出了十三楼景色的秀丽，增强了词的艺术表现力；此外，作者还用了移情手法，使得山含情、水有意，"山与歌眉敛，波同醉眼流"便由此而来。

更漏子·水涵空

送孙巨源①。

水涵空，山照市，西汉二疏②乡里。新白发，旧黄金，故人恩义深③。海东头，山尽处，自古客槎④来去。槎有信，赴秋期，使君行不归。

【注释】

　　①巨源：孙洙，字巨源，苏轼同僚。宋神宗熙宁七年（1074）秋，

孙洙即将回朝任起居注知制诰，苏轼作此词送别。

②西汉二疏：即疏广、疏受，二人为叔侄，皆东海（海州）人。疏广为太子太傅，疏受为少傅，皆官居要职而同时请退归乡里，受世人景仰。

③"新白发"三句：《汉书·疏广传》记载，二疏请归，宣帝赐黄金二十斤，太子赠五十斤，公卿大夫、故人邑子设祖道，供帐东都门外，举行盛大欢送会。

更漏子·水涵空

④槎：即乘槎。《博物志》载："近世人居海上，每年八月，见海槎来，不违时，赍一年粮，乘之到天河。见妇人织，丈夫饮牛，问之不答。遣归，问严君平，某年某月日，客星犯牛斗，即此人也。"这是传说中的故事，作者借以说孙洙，谓其即将浮海通天河，进京任职。

【译文】

海州碧水连天，青山耸立。西汉二疏闻名乡里，如今是你。白发新添，却博得州人殷勤相送，这是你留下的深恩厚义啊。

大海的最东边，大山的尽头，自古就有人乘槎到天河。但是自古以来，客槎有来有往，你却未有归期。

【评点】

这是一首送别词。宋神宗熙宁七年（1074）秋，孙洙由楚州调回朝廷任起居注知制诰，苏轼作此词为他送别。孙洙跟苏轼一样，都反对王安石的新法，而且二人的政治遭遇也基本相似。为了逃避残酷的政治斗争，孙洙和苏轼都申请外放。现在孙洙就要回京任职，怎能不让苏轼有所感慨呢？作者巧用典故，先用两汉时期疏广、疏受的故事来赞美孙洙，再用乘槎的典故来述说离别之情，既表达了对孙洙的赞赏之情，也抒发了自己对前途的担忧之情，思绪复杂，感慨良多。

何满子·见说岷峨凄怆

湖州作，寄益守冯当世①。

见说岷峨②凄怆，旋闻江汉澄清。但觉秋来归梦好，西南自有长城③。东府三人最少,西山八国初平④。

莫负花溪⑤纵赏,何妨药市⑥微行。试问当垆人⑦在否,空教是处闻名。唱着子渊新曲,应须分外含情。

【注释】

①此词作于宋神宗熙宁九年(1076)作者即将由湖州调任密州时,是作者临行前为南州(又称益州,今四川省西部少数民族居住地)太守冯京(字当世)而作。

②岷峨:四川的岷山和峨眉山,是苏轼故乡的名山。

③长城:本义是古代北方为防备匈奴所筑的城墙,东西连绵长达万里,这里引申指国家所倚赖的能臣良将。

④"西山八国"句:《旧唐书·东女传》记载,韦皋于唐德宗贞元九年任剑南西川节度使,出兵西山破吐蕃军,招抚原附吐蕃的西山羌族八个部落,"处其众于维、霸、保等州,给以种粮、耕牛,咸乐生业。"此处借用韦皋的事迹暗指冯京安抚茂州诸蕃部。

⑤花溪:即浣花溪,位于成都城西郊。

⑥药市:成都城南玉局观。

⑦当垆人:即卓文君。《史记·司马相如列传》载,

何满子·见说岷峨凄怆

成都人司马相如在临邛"买一酒舍酤酒,而令文君当垆。相如身自著犊鼻裈,与保庸(奴婢)杂作,涤器于市中"。当垆,即卖酒。

【译文】

　　刚听说岷、峨一带动荡不安,现在就太平了,就像澄清的水面一般。蜀中一带有能人镇守,看来这个秋天又会太平安宁了。你任参知政事的时候,在宰执中年纪最轻,最有锐气,曾像韦皋一样安抚了茂州诸蕃部。

　　不要辜负了浣花溪的美景,可纵情观赏;不妨游览一下那里的药市,与民相近。司马相如和卓文君当年卖酒的地方,如今只空留佳话。闲唱子渊所赋的新曲时,你当会特别感受到其中的情调。

【评点】

　　这首词是《东坡乐府》中记载的唯一一首叙事词。上阕侧重写冯京戍守南州时所立的战功,下阕讲述那里的风土人情。整首词对当时国家的人事派遣直陈己见,还对国事大发议论,在表达个人情感的同时,又加入了对历史的感慨,意境高远,气势雄浑,刚柔并济。就创作手法来说,此词侧重叙事,因而用典颇多,排比对偶之句较多,语言也较为平实。作者将词用诗的语言表现出来,在写作过程中大量使用虚词,使得词作张弛有道,衔接自然,其高超的创作技巧可见一斑。

阮郎归·绿槐高柳咽新蝉

初夏。

绿槐高柳咽新蝉,薰风[①]初入弦。碧纱窗下水沈[②]烟,棋声惊昼眠。

微雨过,小荷翻,榴花开欲然③。玉盆纤手④弄清泉,琼珠⑤碎却圆。

【注释】

①薰风:南风,和风。《史记·乐书》:"昔者舜作五弦之琴,以歌《南风》。"相传其首句为:"南风之薰兮。"

②水沈:木质香料,又名沉水香。

③然:同"燃",形容花红如火。

④纤手:女性娇小柔嫩的手。

⑤琼珠:水的泡沫。

【译文】

窗外绿槐荫荫,高高的柳树枝条随风轻动,蝉鸣乍歇,和风随之将初夏的清凉吹入屋内。绿色的纱窗下,沉水香的淡淡芬芳随风飘散。惬意的昼眠,忽而被落棋之声惊醒。

雨后的小荷,随溪流翻动得十分欢快。石榴花衬着湿润的绿叶,愈显得红艳如火。美丽的少女正在清池边用盆舀水嬉戏,清澈的泉水溅起来的泡沫,就像晶莹的珍珠,一会儿破碎一会儿又圆。

【评点】

这是一首写少女闺阁生活的小词。少女天真烂漫,夏景生机盎然,共同营造出一种清丽欢快的情调,极富生活情趣。

词的上半部分以声写景,以动写静。开篇两句是两个特写:绿树之上蝉鸣乍歇,屋室之内"薰风"飘起,景色清幽、淡雅。作者写的是"静",却从"动"入手,以动衬静,手法高妙。后面的两句,前者写主人公从睡眠中醒来时看到的景象,后者写主人公半睡半醒时听觉上的体验。作者分别从视觉、听觉和触觉三个角度写景,让人如同身临其境,体味到了少女的悠然心境。

  词的下半部分从视觉上写景,虽然无声,却极富动感。作者准确地捕捉到了这些景物所独有的特征,工笔细描,向读者展示了一幅亮丽的图景。用"过"写"微雨",一方面体现出夏天风云易变的特征,另一方面又写活了"微雨";用"翻"写"小荷",真实再现了雨后小荷清凉高举的情状。"微雨""小荷",这些意象都给人一种悠然之美。"然"字写活了石榴花微雨之后浓艳欲滴的神韵。最后两句分别用"弄"和"碎"描写少女的调皮和水珠的变幻,极富细节之美。这样的美景自然让人过目不忘。

  这首词融景物描写、环境描写和人物描写于一体,极富艺术感染力。

辛弃疾词

摸鱼儿·更能消几番风雨

淳熙己亥①,自湖北漕②移湖南,同官王正之置酒小山亭③,为赋。

更能消几番风雨,匆匆春又归去。惜春长怕花开早,何况落红④无数。春且住!见说道,天涯芳草无归路。怨春不语,算只有殷勤,画檐蛛网,尽日惹飞絮。

长门事⑤,准拟佳期又误。蛾眉曾有人妒。千金纵买相如赋,脉脉此情谁诉?君莫舞!君不见,玉环飞燕⑥皆尘土。闲愁最苦。休去倚危栏,斜阳正在,烟柳断肠处。

【注释】

①淳熙己亥:南宋孝宗淳熙六年(1179)。

②漕:漕司的简称,指转运史。

③同官:同僚,同事。王正之:作者的好友,此时接任辛弃疾湖北转运副使的职务。

④落红:落花。

⑤长门事:汉武帝之陈皇后失宠后,幽闭在长门宫。陈皇后赠黄金百斤与司马相如,恳请其代写《长门赋》。汉武帝听后深受感动,陈皇后因而重新得宠。

⑥玉环飞燕:即杨玉环、赵飞燕。

【译文】

还能经得起几回风雨,春天又将匆匆归去。因为爱惜春天,我常怕花开得过早，何况此时已落红无数。春天啊，请暂且留步，难道没听说，连天的芳草已阻断你的归路？怨恨春天默默无语，匆匆离去，看来殷勤多情的，只有雕梁画栋间的蛛网，为留住春光整天沾染飞絮。

长门阿娇盼望重被召幸，约定了佳期却一再延误。只因太美丽，遭人嫉妒。纵然用千金买了司马相如的名赋，这一份脉脉深情又向谁去倾诉？不要得意忘形，难道你们没有看见，曾集万千宠爱于一身的玉环、飞燕都化作了尘土。闲愁最折磨人。不要登楼凭栏望远，夕阳正在令人断肠的烟柳迷蒙处。

【评点】

这是一首惜春抒怀的词。词人借写失宠的陈皇后的愁苦，抒发了他对国事的担忧和被排挤的沉重心情，表达了对腐朽昏庸的南宋朝廷和嚣张得意的投降派的强烈不满。

词的上片通过对晚春残败景色的描写，抒发了作者对春天即将逝去的惋惜之情，委婉地表达了身世家国之痛。以"更能消"三个字开篇，看似写春天，事实上写的却是南宋动荡不安的政治形势。"匆匆春又归去"一句，指出风雨飘摇中的南宋王朝已错失了抗金复国的最佳时机。接下来两句写出了理想和现实的矛盾。"春且住"是作者面对即将逝去的春天的大声疾呼，更是对南宋王朝的忠告：唯一的出路就是坚持抗金复国。"怨春不语"四句是作者强烈的呼唤与深深的无奈，将他复杂、矛盾的心情巧妙地表现出来。

词的下片通过汉武帝和陈皇后的故事，抒发了作者遭排挤而难得被重用的愁绪，以及爱国热忱无处倾诉的苦痛。作者先以失宠的陈皇后自比，表述了自己壮志难以实现的遭遇。然后又以杨玉环、赵飞燕的悲惨结局喻指当权误国、得意一时的卑劣小人，暗示投降派不会有好的结局。最后，作者以凄迷的景象象征昏庸腐朽、岌岌可危的南宋朝廷的处境。

整首词托物起兴、借古喻今，感情沉郁顿挫，将作者自身际遇之悲和家国衰亡之痛融于一体，十分感人。

摸鱼儿·更能消几番风雨

破阵子·醉里挑灯看剑

为陈同甫赋壮词以寄之。

醉里挑灯①看剑，梦回吹角连营②。八百里分麾下炙③，五十弦翻塞外声④，沙场秋点兵。

马作的卢⑤飞快，弓如霹雳⑥弦惊。了却君王天下事⑦，赢得生前身后名。可怜白发生！

【注释】

①挑灯：把油灯的芯挑一下，使它明亮。

②梦回：梦醒。吹角连营：各个军营接连响起号角声。

③八百里：指牛。古代有一头骏牛，名叫"八百里驳"。麾下：指部下将士。麾，古代指军队的旗帜。炙：烤熟的肉。

④五十弦：古代有一种瑟，有五十根弦。此指各种乐器合奏军歌。翻：演奏。塞外声：反映边塞征战的乐曲。

⑤的卢：一种烈性快马。相传三国时刘备被人追赶，骑"的卢"一跃三丈过河，脱离了险境。

⑥霹雳：巨大的雷声。

⑦了却：完成。天下事：指收复中原。

【译文】

醉后，梦里挑亮油灯观看宝剑，梦醒时听见军营的号角声响成一片。把牛肉分给部下共同享用，让乐器奏起雄壮的军乐鼓舞士气。这是秋天在战场上阅兵。

战马像的卢一样,跑得飞快;弓箭像惊雷一样,震耳离弦。真想帮助君王完成统一国家的大业,取得世代相传的美名。可怜我已成了白发人!

【评点】

　　此词是作者在江西带湖闲居的时候,为好友陈同甫作的。作者通过对当年抗金部队豪壮阵容和气概的描写,以及对自己沙场生涯的追忆,表达了欲收复失地的理想,抒发了壮志难酬、报国无门的感慨。

　　整首词共十句,结构独特。前九句一气呵成,打破了常规的上下片定格。首句通过"醉""挑灯""看剑"三个动作,为读者塑造了一位深夜"醉"后难眠的将军形象。在"挑灯看剑"后,他才安然睡去。醒来后,号角声吹起,军队井然有序,战士斗志昂扬,将军雄姿英发,沙场点兵。"马作的卢飞快"两句是对战场上情景的描写。"了却君王天下事"两句则写获胜的将军成就了一番功业。但随后笔锋陡转——这一切不过是将军的一种美好理想,白发早生的壮士终究无法实现收复失地的壮志。

　　本词的前九句确实可称为紧扣主题的"壮词",然而末句"可怜白发生"却使整首词的感情由雄壮转为悲凉;作者也由理想的巅峰突然跌落到残酷现实的谷底。辛弃疾的政治生涯颇不如意,理想总是在现实中幻灭,这同样也是其友人陈同甫的悲愤所在。从中可见当时南宋朝廷的昏庸腐朽,以及众多爱国志士无处报国的苦闷。这种陡转急下的笔法,使前后文形成了鲜明的对比,出人意料,具有扣人心弦的艺术效果,给人留下深刻的印象。

破阵子·醉里挑灯看剑

丑奴儿·少年不识愁滋味①

书博山②道中壁。

少年不识愁滋味,爱上层楼。爱上层楼③,为赋新词强说愁④。

而今识尽愁滋味,欲说还休⑤。欲说还休,却道天凉好个秋。

【注释】

①丑奴儿:即《采桑子》。四十四字,平韵。

②博山:博山在今江西广丰区西南。南宋孝宗淳熙八年(1181),辛弃疾罢职,退居上饶,常闲游博山。

③层楼:高楼。

④强说愁:无愁而勉强说愁。

⑤欲说还休:见李清照《凤凰台上忆吹箫》:"多少事,欲说还休。"

【译文】

年少时不知道忧愁的滋味,喜欢登高远望。喜欢登高远望,为写一首新词,无愁而勉强说愁。

现在算尝尽了忧愁的滋味,想说却说不出。想说却说不出,只好说道"好个清凉的秋天呀!"

【评点】

此词作于作者遭弹劾免职,在带湖闲居之时。当时作者为了排遣心中的愁思,便在博山道中的壁上题写了这首词。

词的第一句是上片的核心所在。作者忆起少年时代思想单纯,缺少

丑奴儿·少年不识愁滋味

对"愁"的真切感受,不知什么是"愁",为效仿前代作家抒发"愁"绪,"爱上层楼",寻找愁绪。然后作者重复"爱上层楼"一句,领起下文,写为了抒发"愁"而无愁觅愁、勉强说愁的情形,真实地写出了少年时的作者"不知愁"的状貌。

　　词的下片与上片紧密对应,写随着年龄的增长,对"愁"有了切身感受,但却欲言又止。作者终生都在为收复中原而努力,力主抗战,却屡遭投降派的排挤,心中充满了壮志难酬的苦闷。一个"尽"字将作者复杂的感受表达了出来,是全词在思想感情上的一个转折。尾句"天凉好个秋",看上去轻松洒脱,实际上却饱含着深沉含蓄的愁思。当时投降派把持朝政,作者虽有满腔忧国伤时的愁思,却不便直接抒发,不是"欲说还休",就是只能转而说天气。这里,作者将内心深沉的"愁"

委婉地表达了出来。

全词突出渲染了一个"愁"字,并以此为线索层层铺叙,感情真挚而委婉,词情曲折动人,言浅而意深,将作者大半生的经历和感受高度概括出来,耐人玩味,堪称"愁"绝!

菩萨蛮·郁孤台下清江水

书江西造口①壁。

郁孤台②下清江水,中间多少行人③泪。西北望长安,可怜无数山。青山遮不住,毕竟东流去。江晚正愁余,山深闻鹧鸪④。

【注释】

①造口:即皂口,在今江西省万安县西南六十里处。

②郁孤台:在今江西省赣州市西北部贺兰山顶,也称望阙台,是唐宋名胜之地。

③行人:指被金兵侵扰的百姓。

④鹧鸪:鸟名,因其鸣叫声悲切,谐音为"行不得也哥哥",故用来形容人思念故乡。

【译文】

郁孤台下滔滔奔流的赣江水中,有多少逃难人的眼泪。我向西北遥望故都长安,可怜只见到千万重山峦。

但青山千万重也难把流水挡住,它毕竟还会向东流去。暮色苍茫中我满怀愁绪,听到深山传来鹧鸪的叫声。

【评点】

　　此词作于作者在赣州担任江西提点刑狱之时。当时作者经过造口，被眼前景物所触动，便在造口的墙壁上题下这首词，抒发了其怀念故土、忧心北伐战争的复杂心情。

　　词的上片写作者看着眼前汹涌的江水，不禁联想起当年逃难人民的血泪，对金兵的罪行发出了悲愤的控诉，表达了对失陷于金人的中原大地深深的关切。"西北望长安"中的"望"字用得极妙，既表达了作者对沦陷区民众的深情，也抒发了他盼望收复失地的急切心情，以及对南宋统治阶级昏庸无能的愁怨与愤恨。

　　词的下片透过景致抒发了作者内心的感情，基调低沉，情感

菩萨蛮·郁孤台下清江水

蕴藉。作者以"青山遮不住"作喻,用"青山"暗指投降派,以江水暗指抗金的历史潮流,说明爱国志士和民众的抗金力量和决心是投降派无法阻挡的。"毕竟"两个字表明虽然抗金复国大业一定会遭到投降派的万般阻挠,但终将取得胜利。虽然对未来的胜利充满信心,可是作者并没有一味沉醉其中,而是将思绪拉回现实。那苍茫昏暗的江边晚景和深山传来的鹧鸪凄苦的啼鸣,使作者又不禁愁苦起来。

整首词开合自如,视野辽阔而运笔精到,词情悲凉沉郁,内涵深刻,使人读之无不唏嘘感慨。

南乡子·何处望神州

登京口北固亭有怀。

何处望神州?满眼风光北固楼。千古兴亡多少事?悠悠!不尽长江滚滚流。

年少万兜鍪①,坐断东南战未休②。天下英雄谁敌手?曹刘③!生子当如孙仲谋④。

【注释】

①兜鍪:古代士兵的头盔,此处借指士兵。

②坐断:割据,占据。战未休:此处指魏、蜀两军战事不停。

③曹刘:曹操和刘备。

④孙仲谋:孙权。

【译文】

　　什么地方可以看见中原呢?站在北固楼上远眺,满眼都是美好的风光,但中原还是看不见。从古到今,有多少国家兴亡大事呢?往事连绵不断,如同没有尽头的长江奔流不息。

　　当年孙权青年时就做了三军的统帅。他独霸东南,坚持抗战,没有向敌人低头和屈服过。天下英雄谁是孙权的敌手呢?只有曹操和刘备而已。也难怪曹操说:"生子当如孙仲谋。"

【评点】

　　本词借古讽今,追怀了一代英豪孙权。全词气势豪迈,感情激昂,同时还流露出为国民而忧愤的真挚情感。

南乡子·何处望神州

词的上片主要写作者因眼前所见引起的遐思。开篇一问好似从天而来，气势汹涌，使人震撼。登临高高的北固楼，眼中尽是美好的山河风光，使人不禁追忆起往昔来。那么，究竟有多少"千古兴亡"之事呢？"悠悠"，即往事连续不断，思绪没有穷尽。末句化自杜甫《登高》诗"无边落木萧萧下，不尽长江滚滚来"，形象地将作者内心不尽的愁绪与感慨表达了出来。

词的下片怀古寄情，表达了对三国英雄孙权的追思。在此，作者将孙权视为三国时代气壮山河、英勇无比的伟大人物，并对如今南宋没有智勇双全、执掌乾坤的英雄人物而感叹不已。在词的末尾，作者借用"生子当如孙仲谋"这个典故，暗指南宋朝廷主和派懦弱无能，并抒发了自己欲收复中原的愿望。

整首词都采用自问自答的形式，新颖而活泼。全词时空纵横自如，气势恢宏，典故与词情巧妙融合，情感深沉含蓄，具有很高的艺术价值。这首词与同写北固亭怀古的《永遇乐》相比，风格更显明快，笔法更加轻灵，不愧为流传千古的绝唱。

贺新郎·把酒长亭说

陈同甫[①]自东阳来过余，留十日。与之同游鹅湖，且会朱晦庵于紫溪[②]，不至，飘然东归。既别之明日，余意中殊恋恋，复欲追路，至鹭鹚林，则雪深泥滑，不得前矣。独饮方村，怅然久之，颇恨挽留之不遂也。夜半投宿吴氏泉湖四望楼，闻邻笛悲甚，为赋《乳燕飞》[③]以见意。

又五日，同甫书来索词，心所同然者如此，可发千里一笑。

把酒长亭④说。看渊明风流酷似，卧龙诸葛。何处飞来林间鹊，蹙踏松梢微雪。要破帽多添华发。剩水残山无态度，被疏梅、料理成风月。两三雁，也萧瑟。

佳人⑤重约还轻别。怅清江天寒不渡，水深冰合。路断车轮生四角⑥，此地行人销骨。问谁使君来愁绝？铸就而今相思错，料当初费尽人间铁⑦。长夜笛，莫吹裂。

【注释】

①陈同甫：陈亮，字同甫，喜谈兵，是辛弃疾的好友。

②朱晦庵：朱熹。紫溪：在今江西省铅山县南四十里。

③《乳燕飞》："贺新郎"别名。

④长亭：古路旁的亭舍，常用作饯别处。

⑤佳人：即佳士，这里指陈亮。

⑥车轮生四角：喻无法前行。

⑦"铸就"两句：孙光宪《北梦琐言》记载，罗绍威"忽患脚疮，痛不可忍，意其为牙军为祟。乃谓亲吏曰：'聚六州四十三县铁，打一个错不成也。'"这里是说鹅湖

贺新郎·把酒长亭说

之会犹如耗尽人间之铁铸就一把相思错刀，极言情谊之深。

【译文】

在驿亭饮酒话别。你的文才风度既像陶潜，又像诸葛亮。不知从何处飞来的林间鹊，站立在松梢微雪上，那纷纷惊落的白雪飘到旧帽上，好像人又多添了些白发。水瘦山枯，四野凄凉，只有稀疏的几枝梅花妆点风光。那掠过长空的两三只雁儿，不成队形，徒给人以萧瑟之感。

你信守承诺与我相会，却又急于告别而去。惆怅那清江因天寒水深而冰冻，行人已无法渡过。而道路上也雪深冰滑，车轮像长了角似的转动不了，此地只有我难耐这离愁别绪。不禁问，何人才能使你的愁怨断绝？鹅湖之会似乎耗尽了人间之铁，铸就了一把相思错刀。漫漫长夜，不要把笛给吹裂了。

【评点】

本词写于宋孝宗淳熙十五年（1188）冬末，辛弃疾在江西上饶闲居期间。当时，陈亮由故乡浙江永康来拜访作者。二人相见后无论是游览、痛饮，还是谈论国家大事，无论是欢笑还是忧愤，都极为投契。因此陈亮居住了十几天才告辞。作者因别后思念陈亮，便赋此词以寄之。作者将陈亮视为知己，在词中表达了对他深深的敬慕，也对当权者苟且偷安、国势逐渐衰微的状况表示了担忧。

词的上片描写了长亭送别时的凄凉景象和作者内心的苦楚。作者先描述了二人在驿亭把酒话别的场景，彼此都说了很多互相赞许的话。"看渊明"三句是作者赞叹陈亮既有陶潜那样的文才，又有诸葛亮那样的武略。"何处飞来林间鹊"三句，转写个人和国家的命运。最后几句语意双关，看似写冬天之景，实则暗写偏安一隅、无心收复中原的南宋朝廷最终只能使江山残破。景中含情，蕴含了作者无限的忧国忧民之情。

词的下片述说了作者追友人不及的遭遇和别后的难舍之情。"佳人重约还轻别"是指作者一方面赞许陈亮"重约"来会，一方面又说他急于挥别。后面"怅清江""路断车轮"等句极力铺陈和渲染，之后则用"问谁使"的设问句，委婉说出了陈亮（兼自己）的万般愁怨。这愁怨既因与友人别离造成，更是因国家日渐衰微的状况以及他们在南宋朝廷中的不幸遭遇而引发的。词的最后几句化用了典故，表明在那样腐朽阴暗的年代，就算是虎胆英雄也只能发出撕天裂地的呼喊。

整首词即事写景，又兼抒情，感情真挚浓厚，忧愤深沉宽广。从这首词开始，作者和陈亮接连唱和了五首，实属中国文学史上的一段佳话。

贺新郎·细把君诗说

用前韵赠金华杜叔高①。

细把君诗说：恍余音钧天浩荡，洞庭胶葛。千丈阴崖尘不到，惟有层冰积雪。乍一见寒生毛发。自昔佳人多薄命，对古来一片伤心月②。金屋冷，夜调瑟③。

去天尺五君家别④。看乘空鱼龙惨淡，风云开合⑤。起望衣冠神州路，白日销残战骨。叹夷甫诸人清绝。夜半狂歌悲风起，听铮铮阵马檐间铁。南共北，正分裂！

【注释】

①杜叔高：南宋一位很有才气的诗人，著名词人陈亮曾在《复杜仲

高书》中称其诗"如干戈森立,有吞虎食牛之气,而左右发春妍以辉映于其间"。题云"用前韵",乃用作者前不久寄陈亮之词的调词韵。

②"自昔佳人"二句:化用苏轼《薄命佳人》诗"自古佳人多命薄,闭门春尽杨花落",以自古美妇多遭遗弃,隐喻才士常有沉沦。

③金屋冷,夜调瑟:借汉武帝陈皇后失宠之典,进一步渲染了被弃的凄苦。

④去天尺五:见《辛氏三秦记》:"城南韦杜,去天尺五。"指唐代长安城南韦氏和杜氏都是世代相传的贵族,两家都跟皇帝很亲近。

⑤"看乘空"二句:变化《易·乾》"云从龙,风从虎"之语,假托鱼龙纷扰、腾飞搏斗于风云开合之中的昏惨景象,暗喻朝中部分大臣趋炎附势、为谋求权位而激烈竞争。

【译文】

听我细细评说你的诗作:真是气势磅礴,读之恍如听到传说中天帝和黄帝的乐工们在广阔旷远的宇宙间演奏的乐章,动人心魂。风骨清俊,读之宛若望见了没有尘土的高崖之上的冰雪,冰清玉洁。乍看之时,不禁毛发生寒。自古以来,有才之士常命运不济,对着那古今不变的凄凉明月,空空伤怀。夜渐深,屋内渐冷,他却调瑟弹鸣琴。

杜氏和韦氏为强宗大族,门望尊崇,而你家却有别于此。看如今,鱼龙纷扰、腾飞搏斗,正处于风云变幻之际。昔日衣冠相望的中原大地,如今只见一片荒凉,满地战骨正在白日寒光中逐渐消损。可叹夷甫太清高了。半夜狂风大作,檐间铁片铮铮作响,宛如千匹战马疾驰而过,我更是因此长叹悲歌。可叹如今,南北分裂,中原不能收复!

贺新郎·细把君诗说

【评点】

南宋孝宗淳熙十六年（1189）春天，杜叔高自浙江金华到江西上饶看望辛弃疾。分别之际，辛弃疾作这首词为他送行。杜叔高是一位才华横溢的诗人，但因为力主抗金，受到朝中占主导地位的主和派的排挤，空有报国之志，却报国无门。辛弃疾惜其才，更钦佩其人品，因此十分敬重他，从这首词中便可以看出这种赞美之情。

词的上阕自开始到"毛发"这几句，辛弃疾极力赞美杜叔高诗作之美。随后几句是对杜叔高凄凉境况的感慨和惋惜。下阕写杜叔高怀才不遇和家门盛衰的变化。"看"字充满了辛弃疾对那些阿谀奉承之徒的鄙视，反映了朝中小人当道、官员腐败的黑暗现实，表达了作者对南宋偏安一隅的不满。这首词意在劝勉杜叔高，可是作者将自己的忧国忧民之情融入其中，所以虽然是送别词，却隐含着爱国之情。范开在《稼轩词序》中曾评价说："如春云浮空，卷舒起灭，随所变态，无非可观。"

贺新郎·甚矣吾衰矣

邑中园亭，仆皆为赋此词①。一日，独坐停云②，水声山色，竞来相娱，意溪山欲援例者，遂作数语，庶几仿佛渊明思亲友之意云。

甚矣吾衰矣。怅平生交游零落，只今余几。白发空垂三千丈，一笑人间万事。问何物能令公喜。我见青山多妩媚③，料青山见我应如是。情与貌，略相似。

一尊搔首东窗里。想渊明停云诗就，此时风味。江左④沉酣求名者，岂识浊醪妙理。回首叫、云飞风起。不恨古人吾不见，恨古人不见吾狂耳⑤。知我者，二三子⑥。

【注释】

①邑：指铅山县。辛弃疾在江西铅山期思渡建有别墅，带湖居所失火后举家迁之。此"邑中园亭"，当指作者游历过的境内亭园。仆：作者自称。

②停云：停云堂，在期思山上。辛弃疾仰慕陶渊明。陶渊明有《停云》诗四首，其序云："停云，思亲友也。"这里，作者意在套用其旨，抒发对亲友的怀念。

③妩媚：姿态美好可爱。《新唐书·魏征传》："人言（魏）征举动疏慢，我但见其妩媚耳。"

④江左：东晋南渡后，统辖江左一带。苏轼《和陶渊明饮酒诗》有"江左风流人，醉中亦求名。渊明独清真，谈笑得此生。"

⑤"不恨"二句：《南史·张融传》："融常叹云：'不恨我不见古人，所恨古人不见我。'"

贺新郎·甚矣吾衰矣

⑥"知我者"二句：意思是知己寥落。二三子，原是孔子称其学生的话。（见于《论语·八佾》）

【译文】

可叹啊，我现在已如此衰老了。惆怅我一生交友零落，到现在已没几个知心朋友了。满头白发，老来一事无成，笑那世间万物，还能有什么让我高兴的事呢？寄情山水，看那青山姿态美好可爱，想必青山看我也是如此吧。我的感情和青山之貌，二者之间有着许多相似之处。

举杯独饮，倚于东窗旁，想象陶渊明当年写成《停云》诗的滋味，大概就是这样吧。江左名士酒醉时还要追求名利，这样的人岂能认识到酒中的妙趣和真理？回首窗外时，已是风起云涌了。不遗憾我见不到古来的贤人，遗憾的是他们见不到我的狂傲。知己寥落，只有二三人了。

【评点】

　　这首词写于南宋宁宗庆元二年（1196），当时辛弃疾已移居铅山瓢泉有一段时间了。词的前几句作者感慨自己年老体衰，知己散落，旧友难寻；而且壮志难酬，收复中原无望，只得寄情于山水之间，以度余生。这里所营造的意境与李白的"众鸟高飞尽，孤云独去闲。相看两不厌，只有敬亭山"有异曲同工之妙。词的下阕点明主题，流露出思念亲朋好友之意。作者欲效仿五柳先生（陶渊明）远离官场，却又心有不甘，仍想为国出力，以完成夙愿。整首词虽豪放不羁，但知音难觅的失落感也贯穿全篇，壮志难酬之意亦挥之不去。

西江月·明月别枝惊鹊

夜行黄沙①道中。

明月别枝惊鹊②，清风半夜鸣蝉。稻花香里说丰年，听取蛙声一片。七八个星天外，两三点雨山前。旧时茅店社③林边，路转溪头忽见④。

【注释】

①黄沙：黄沙岭，在今江西上饶西。

②"明月"句：化用苏轼《次韵蒋颖叔》诗："明月惊鹊未安枝。"别枝，斜枝。

③社：土地神庙。

④见：同"现"，显现，出现。

【译文】

　　明亮的月光惊起了正在枝头栖息的鸟雀。在清风吹拂的深夜，蝉儿叫个不停。稻花飘香，沁人心脾，人们谈论着丰收年景，耳听得阵阵田蛙欢唱。

　　稀疏的星星刚才还远挂在天边，而转眼间山前又洒落滴滴细雨。过去的小客店还在村庙的树林旁，转过溪头就忽然出现在眼前了。

【评点】

　　本词作于作者村居之时。与他往日作品沉雄豪迈的词风不同，本词在平淡中透着淳厚的情感。

　　词的上片主要描写了乡村夏夜之景。前两句中月、鹊、风、蝉这些平常的景物，经过作者的巧妙组合，便有了别样的风情。有"明月""清风"的夜半之景，也有"惊鹊""鸣蝉"的夜半之声，动静相宜、声色相合，使人神往不已。接下来的两句将视线由长空转至田野，由夜间黄沙道上的柔和情趣，转至漫村遍野扑鼻而来的稻花香，还

西江月·明月别枝惊鹊

通过稻花香联想到丰收的年景。然而"说丰年"的主体却是那一片蛙声,作者先写"说"的内容,后补"声"的来源,可谓别出心裁。

词的下片一开始通过对仗手法的运用,为我们树立了一座挺拔峻峭的奇峰。"星""雨"与上片的清幽夜色、恬静气氛和乡土气息相呼应。原本难以捉摸的"天外"与"山前",经作者笔锋一转,被表现得具体可感:乡村林边的茅店便出乎意料地呈现在眼前。"路转""忽见"两个词则在写出作者忽见临近旧屋时的欢悦之外,还侧面描摹了其在稻花香中怡然迷醉的情态,读来余味无穷。

整首词前后呼应、笔调轻灵、用语明快,勾画出了一幅乡村夏夜清幽动人的风景画,作者当时的愉悦之情流露于字里行间。

西江月·醉里且贪欢笑

遣兴。

醉里且贪欢笑,要愁哪得工夫。近来始觉古人书,信着全无是处①。昨夜松边醉倒,问松我醉何如②?只疑松动要来扶,以手推松曰"去"!

【注释】

①"近来"两句:化自《孟子·尽心下》:"尽信书,则不如无书。"
②何如:怎么样。

【译文】

醉里还在贪欢寻乐,哪有工夫发愁?近来觉得古书上有许多至理名言在现实面前行不通,那么倒不如不信。

昨夜在松边醉倒,把松树当成了人,问它说:"我醉得怎么样?"松枝被风吹动,我以为是松树要来扶我,便用手推松说:"去!"

【评点】

乍看之下,此小令是作者一时兴起而作,但仔细读来就会发现,作者看似在对自己的醉态进行轻松描写,实则是在抒发内心的苦闷和不平。小令围绕"醉"抒写愁绪和愤懑,笔调轻松诙谐。全词仅用了50个字就刻画出了有对话、动作、神态、性格的丰满的人物形象,作者深厚的艺术功底于此可见一斑。

清平乐·茅檐低小

村居。

茅檐①低小,溪上青青草。醉里吴音②相媚好,白发谁家翁媪③?大儿锄豆④溪东,中儿正织鸡笼。最喜小儿亡赖⑤,溪头卧剥莲蓬。

【注释】

①茅檐:指茅草屋的房檐。

②吴音:吴地的方言。今江西上饶古时为吴国的领土。相媚好:愉快地交谈。

③媪:古时对老年妇女的尊称。

④锄豆:锄去豆田中的草。

⑤亡赖:顽皮。亡,通"无"

【译文】

　　草屋小、茅檐低，溪边长满绿绿的小草。两个人用含有醉意的吴地方言交谈着，那满头白发的人是谁家的公婆？

　　大儿在溪东的豆地锄草，二儿正忙于编织鸡笼。最令人欢喜的是小儿的调皮神态——横卧在溪头草丛中，剥食着刚刚摘下的莲蓬。

【评点】

　　南归之后，辛弃疾屡遭当权投降派（即主和派）的排挤和打击，长时间不被重用，在信州（今江西上饶市）闲居了约20年。在闲居农村期

清平乐·茅檐低小

间，作者对农村生活和农民有了更多的了解和接触。这首词便是一幅色泽淡雅的农村风俗画卷。

　　词的上片先描写了简朴而美丽的居住环境，然后写了言语和顺的翁媪，气氛温馨恬淡。作者以素描的手法简单勾出了"茅檐""溪上""青草"的状貌，笔淡而意浓，将江南农村的特色形象地描绘了出来，给人物的出现布置了安静怡然的背景。后面两句写出现在词中的人物，他们说话的声音中微带醉意，更显得温婉柔媚；可是等到走近他们，却发现说话的是满头白发的老公公和老婆婆，而非年轻人。"醉里"一语显示了老人生活的安详，"媚好"则体现了他们愉悦的精神状态。

　　词的下片是翁媪说话的内容，即他们家的三个儿子，全面而真实地反映了当时农村生活的多个方面：大儿子在溪东的豆地里锄草，二儿子正在编织着鸡笼。"无赖"的"小儿"则是作者着重描绘的对象，"溪头卧剥莲蓬"将其天真活泼、无忧无虑的神态形象地展现了出来，使人不禁由衷地欣喜。

　　全词有声有色、形象生动地描述了农村的乡土风俗，处处洋溢着作者对农村生活的喜爱，也反映出作者对腐朽黑暗的官场生活的憎恶之情。

清平乐·连云松竹

检校[①]山园，书所见。

连云松竹，万事从今足。拄杖东家分社肉[②]，白酒床头[③]初熟。
西风梨枣山园，儿童偷把长竿。莫遣旁人惊去，老夫静处闲看。

【注释】

①检校：查看，此有巡视游赏之意。

②社：指祭祀土地神的活动，逢"社"日，就会四邻相聚，分享祭社神的肉，以求降福。所以有"分社肉"之说。

③床头：指槽床，酿酒的器具。

【译文】

云雾缭绕，笼罩着山园中郁郁葱葱的松竹，从现在开始我对生活很知足。拄着拐杖看东家分社肉，酿在槽床上的白酒散发出淡淡酒香。

西风吹拂，果园里的梨和枣已经快熟了，几个顽童正在偷偷用长竿敲打果子。不要担心有人把他们吓跑，看园子的老人正静坐着四处闲望。

【评点】

这是一首乡情词，作者用口语化的语言和白描的手法，描画了简单朴素的农村生活，刻画了鲜明的艺术形象。辛弃疾曾任江西安抚使，南宋孝宗淳熙八年（1181）冬被改任为两浙西路提点刑狱公事，然而不久便遭到了台臣王蔺的弹劾而被免除了官职，只得退隐到上饶带湖生活。在闲居期间，他并未因被迫闲居而愁苦，反而因摆脱了官场纷扰而心生欢愉，创作了很多赞美带湖风光、描摹乡村生活的词作，本词便是其中的一首。

词的上片主要写了作者对闲居带湖的满足之情。"连云松竹"是说山园高大的松竹几乎与天上的白云相接，充满了作者的褒赏之意，让人不由得联想到林木葱茏、清幽恬静的隐居环境。"万事从今足"则抒发了词人远离尘世喧嚣、知足常乐的思想感情。以上两句统领全篇，为全词确定了基调。接下来"挂杖东家分社肉"两句,则是对"万事足"的进一步补充,从中可见温馨美好的乡村生活,以及作者的喜悦之情。

词的下片选取了一个情趣盎然的生活场景,使本词的生活气息更加浓郁。"西风梨枣山园",表明时间为秋天,透过累累硕果可以看出作者对丰收的欢喜。"儿童偷把长竿"至词的结尾具有很强的情节性,充满了绘画的立体美和散文的情节美,从中可见作者深厚、娴熟的语言文字功底。

整首词没有绮丽的字句,未用典故,也未经雕饰,一字一句都像话家常般简单朴素,但却描写得十分生动传神,值得认真品味。

汉宫春·春已归来

立春。

春已归来,看美人头上,袅袅春幡①。无端风雨,未肯收尽余寒。年时燕子,料今宵梦到西园。浑未办黄柑荐酒,更传青韭堆盘②。

却笑东风,从此便熏梅染柳,更没些闲。闲时又来镜里,转变朱颜。清愁不断,问何人会解连环③。生怕见花开花落,朝来塞雁先还。

【注释】

①春幡:古代立春时妇女头上戴的用彩纸剪成的燕形饰物。

②"浑未"二句:《遵生八笺》"立春日作五辛盘,以黄柑酿酒,谓之洞庭春色。"青韭:把青嫩的韭菜堆在盘上,称春盘。

③会解连环:能解开内心郁结。

【译文】

春天已重回人间，你看美人们的头上，摇摇颤颤插着五彩春幡。无端地又来了一阵风雨，仿佛不肯收尽残留的轻寒。去年的燕子，想它今夜定会梦回京都故园。还没有备办黄柑新酒，更没有准备青韭堆盘。

可笑无知的东风，从此就要忙着把梅柳打扮，一点儿也不知休闲。有空闲时它又会跑来，改变镜中人的青春容颜。忧愁绵绵，有谁会解开我心中的郁结？最怕看见花开花落，一大早，大雁已先我返还中原。

【评点】

这是一首立春抒怀的词作，根据词的思想内容来判断，应该是辛弃疾南归后不久所作。

上片作者以立春时春回大地的景色来暗喻当时南宋动荡的政局。开篇"春已归来"三句指出时令为立春，典故化用得十分自然。"无端风雨"两句借自然界变化无常的天气，暗指南宋最高统治集团惊魂未定、庸碌无为的状态。"年时燕子"两句寄情于北飞的燕子，表达了词人渴望回归故园的心情。最后两句是说作者刚来到异域他乡，还没有将生活安顿好，春节就来临了，新酒和佳肴都置办不起，可见其处境之困顿。

下片通过对春日愁绪的描写，表达了作者忧国怀乡之情。"却笑东风"三句是说作者联想到立春过后，东风一吹，便是一派柳绿花红的大好风光了。"闲时又来"两句则将作者初归南宋后那种急盼收复失地、愿意以身报国的心情表达了出来。后面的"清愁"指的是作者为国为民忧愁的情怀。"解连环"典出《战国策》，秦昭王送给齐国王后一个玉连环并叫她解开。词人借此向南宋统治集团发问，不知有谁可以做出抗金的正确决策。"生怕见花开花落"两句是说作者只怕这一年花开又花

汉宫春·春已归来

落，但还是未收回失地，依然不能回归故里。这是作者对收复失地大业的忧虑，语句中透着化不开的愁闷与伤感。

整首词章法圆转，笔调委婉含蓄，深切地表达了作者对祖国收复大业的关注以及他奋发昂扬的爱国情怀。

祝英台近·宝钗分

晚春。

宝钗分①，桃叶渡②，烟柳暗南浦③。怕上层楼，十日九风雨。断肠片片飞红，都无人管，更谁劝流莺声住。

鬓边觑，试把花卜归期，才簪又重数。罗帐灯昏，哽咽梦中语：是他春带愁来，春归何处？却不解带将愁去。

【注释】

①宝钗分：钗是古代妇女的一种簪发首饰，分为两股，夫妻分别时常各执一股，作为纪念。

②桃叶渡：位于今江苏南京秦淮河与青溪汇合处。王献之有妾名桃叶，他曾于此地送别桃叶。后借指情人约会处。

③南浦：江岸，此处借指送别地。出自江淹的诗句："送君南浦，伤如之何。"

【译文】

摘下宝钗分作两股，我们分别在桃叶古渡，江岸上柳荫迷蒙，烟霭纷纷。自别后我最怕上高楼，因为十日有九日风雨袭人。满眼是让人伤心的片片落花，这破败景象都无人去管，还有谁去劝阻黄莺催春。

对镜看我鬓边的花钿，我将它取下来，试着数花瓣占卜你的归期，一连数了好多次。帷帐里灯火昏黄，我在睡梦中泣不成声：都怨这春光给我带来忧愁，如今也不知它又回到哪里去了？却不把这闲愁一同带走。

【评点】

在这首词中，作者借一个女子之口叙说伤春之情和怀念亲人的愁苦，同时抒发了对祖国长期分裂的悲痛之情，具有特定的政治内涵。

词的上片写女主人公登楼忆别，不禁触景生情，感怀伤事。开篇描写了在烟雾迷蒙的杨柳岸边，一对情人分钗惜别的情景，暗指祖国南北

祝英台近·宝钗分

的人民长期分离、无法往来要比情人间的离别更加痛苦。"怕上层楼"两句是写与情人分手后，女主人公登楼远望，但思念离人之情却因阴冷的风雨而变得更加凄婉苦楚。南归之后，作者多年颠沛流离，难以实现报国之志，天地苍茫却无知音。"断肠片片飞红"一句便是作者心中难以排遣的忧愁的写照。"都无人"和"更谁唤"则以曲折深沉的笔触，将那种凄清孤寂、知音难觅的氛围营造得更加浓烈。

词的下片描写了女主人公时刻盼望着心上人早日归来，夜晚难以安睡的苦痛。"鬓边觑"一句生动地刻画出一个急切盼望离人归来的闺中少妇的形象。只见她将头上的花钿取下来，细数花瓣来占卜离人的归期。数完后，她将花钿戴上，可刚戴上却又取下来重数，这反复的动作将闺中少妇那复杂的心理状态巧妙地表现了出来。结尾几句是写女主人公在入睡后，仍哽咽叨念着离人的归期，可见其思念之深切。

全词笔触深沉曲折，细节描写精致，细腻传神地表达了女主人公对离人的深切思念。由此可看出，辛词既可慷慨豪迈，也可缠绵温婉，足具大家风范。

水龙吟·楚天千里清秋

登建康赏心亭①。

楚天千里清秋，水随天去秋无际。遥岑②远目，献愁供恨，玉簪螺髻③。落日楼头，断鸿声里，江南游子。把吴钩④看了，阑干拍遍，无人会，登临意。

休说鲈鱼堪脍，尽西风、季鹰⑤归未？求田问舍，怕应羞见，刘郎才气⑥。可惜流年，忧愁风雨，树犹如此⑦。倩何人，唤取红巾翠袖，揾英雄泪。

【注释】

①建康：今江苏南京。赏心亭：在城西水门城上，下临秦淮河，尽观览之胜。

②遥岑：指远山。

③玉簪螺髻：形容青山有的像女人头上的碧玉簪，有的像螺旋盘结

的发髻。

④吴钩：指吴国制造的弯形宝刀。

⑤季鹰：典故，出自《世说新语》。西晋张翰字季鹰，他在洛阳为官时因思念吴中的菰菜羹、鲈鱼脍，竟弃官南归。

⑥"求田"三句：此三句用典，求田问舍就是买房置地。刘郎，指三国时的刘备，这里泛指有大志之人。三国时许汜去看望陈登，陈登对他很冷淡，独自睡在大床上，叫他睡下床。许汜不解，去询问刘备，刘备答："天下大乱，你忘怀国事，求田问舍，陈登当然瞧不起你。"这里意谓自己不愿像许汜那样，做一个只知添置田舍的人。

⑦"可惜"三句：此处也用典，据《世说新语·言语》，桓温北征，经过金城，见自己过去种的柳树已长得那么粗了，便感叹地说："木犹如此，人何以堪？"

【译文】

千里楚天一派凄清秋意，水随碧天流去，秋色无边无际。放眼眺望远处的山峰，仿佛都在传送愁恨，有的像玉簪，有的如螺髻。夕阳斜照楼头，孤雁声声哀啼，我这个江南游子，把吴钩宝剑反复端详，把栏杆全都拍遍，却无人理会我此时登高远望的心意。

不要说什么鲈鱼味美，秋风已起，为何不见季鹰弃官归来？若像许汜那样买房置地，就会羞于去见雄才大略的刘备。可惜大好岁月空空流逝，徒然为风雨飘摇的国事忧愁。树都会愁，人又怎能不垂老？能让谁唤来红衣翠袖的美人，为我擦拭英雄的末路悲泪。

【评点】

作者一生自诩有报国济世之才略，并执着地追求人生理想，因此其词中时常流露出壮志未酬的沉闷和悲愤。这首词便抒发了他这种苦闷的心情。

词的上片写登楼后见到的景致，先写水，后写山，并借景抒情。这大好秋光在满腔愁苦的作者眼里，只是愁山恨水、孤雁哀鸣而已。"把吴钩看了"几句，作者通过"看""拍"等动作，酣畅淋漓地直接抒发了自己的悲愤之情。原本是战场上杀敌的锐利武器"吴钩"，现在却被闲置。作者以物比人，可见心境之苦。"阑干拍遍"是借拍打栏杆来排遣心中的无限苦闷，表现了作者无处施展才略的急切心情。"无人会，登临意"，则是慨叹自己虽有收复中原的壮志，但南宋朝中却没有知音可以理解他。

水龙吟·楚天千里清秋

词的下片直接言志，阐明了无人理解的"登临意"。作者接连用了三个典故，先说明自己不愿像季鹰那样因贪恋家乡美味而辞官返乡，又说明自己以许汜在国家危难的时候却只顾个人小家为耻辱，同时又为国势不稳、自己却报国无门而不禁慨叹年华虚度。至此，全词的感情发展到最高点，并自然过渡至结尾，与上片末句相呼应。

本词艺术手法圆熟精练，具有强烈的艺术感染力，耐人寻味，不愧为词中经典。

定风波·少日春怀似酒浓

暮春漫兴。

少日春怀似酒浓,插花走马醉千钟。老去逢春如病酒①。唯有,茶瓯②香篆③小帘栊④。

卷尽残花风未定。休恨,花开元⑤自要春风。试问春归谁得见?飞燕,来时相遇夕阳中。

【注释】

①病酒:指因喝酒过量而感到难受。

②茶瓯：茶杯。

③香篆：指焚香时燃起的烟缕，因其曲折似篆文故称。

④帘栊："栊"指窗上棂木，而"帘栊"作为一个词，实指窗帘。

⑤元：通"源"，源自。

【译文】

少年时代，一旦春天来临，就会纵情狂欢，插花、骑马疾驰，还要喝上许多酒。年老的时候，春天来了，觉得毫无兴味，就像喝酒过量后的感受一样。现在只能在自己的小房子里烧一盘香，喝几杯茶来消磨时光。

春风把剩下的花瓣也给卷走了，但它还是没有停息。可是你不要怨恨它，因为花儿开放本来就是由于春风的吹拂。试想想，春天离去的时候又有谁看见？春归时，只有那飞回的燕子，在金色的夕阳中与它相遇。

【评点】

这首词为暮春闲词。上片的"少日"与"老去"形成鲜明对比。"少日"朝气勃发，逢春时则恣情欢闹。而这样的情景，现今只能出现在回忆中。下片"卷尽残花风未定"，看似突兀，与上片全无联系，但细细读来，正是承上启下的过渡句。从上片以"少日"逢春的欢闹情景反衬"老去"逢春的寂寞来看，作者显然是恨春风的。可是下片中作者马上又说"休恨"春风，原来"花开元自要春风"。回想当初，假如没有春风，春花怎么能开放呢？这一转折饱含哲理，也表达了作者无以言表的无限感伤。

念奴娇·野棠花落

书东流①村壁。

野棠花落,又匆匆过了清明时节。刬地②东风欺客梦,一枕云屏寒怯。曲岸持觞,垂杨系马,此地曾轻别。楼空人去③,旧游飞燕能说。

闻道绮陌④东头,行人长见,帘底纤纤月⑤。旧恨春江流未断,新恨云山千叠。料得明朝,尊前重见,镜里花难折。也应惊问:近来多少华发?

【注释】

①东流:在今安徽省东至县。

②刬地:无端。

③"楼空"句:苏轼《永遇乐》:"燕子楼空,佳人何在?空锁楼中燕。"

④绮陌:指烟花巷。

⑤纤纤月:指美人的纤足。

【译文】

野海棠花刚纷纷飘落,时光匆匆,又过了清明时节。春风无端地惊扰我的美梦,冷气侵袭云屏褥枕,让我畏怯。在曲折的河岸举杯对饮,把马儿系在杨柳树腰,当年我和她正是在这里告别的。如今人去楼空,当时的情景只有旧时的燕子知道。

听说在烟花巷的东头,行人常见到她帘底的纤足。旧恨好似不断奔流的一江春水,新愁又像云海群山,重重叠叠。料想若明天能和她在宴席前重见,她会像镜中花,虚幻难折。她也一定吃惊地问我:近来又添了多少白发?

【评点】

辛弃疾绝少写自己的爱情经历,偶一为之,便迥异于诸家,带着一种击节高歌的悲凉气息,却少有婉转缠绵之意。上片写暮春的夜晚作者回顾往事,含蓄婉转地表现出了作者的悲戚和感伤。下片写女子的娇美,抒发了作者寻而不见的失落感,表达了作者对此女子的深情及对自己已是迟暮之年的感慨。尤其最末五句,描写想象中二人重逢的情景。但即使能够再见,佳人也可能已是别人妻了。此段恋情终究无法复得,而她可能会吃惊于我新添的白发。作者通过描写想象中的情景,表现了二人真挚的感情,使读者产生了共鸣。

念奴娇·近来何处

赋雨岩,效朱希真体[①]。

近来何处有吾愁,何处还知吾乐。一点凄凉千古意,独倚西风寥廓。并竹寻泉,和云种树,唤做真闲客。此心闲处,未应长籍丘壑。

休说往事皆非,而今云是,且把青尊酌。醉里不知谁是我,非月非云非鹤。露冷松梢,风高桂子,醉了还醒却。北窗高卧,莫叫啼鸟惊着。

【注释】

①雨岩:雨岩位于博山附近。朱希真:朱敦儒,字希真,洛阳人,南北宋之交著名词人,《花间词选》谓其"天资旷远,有神仙风致"。

念奴娇·近来何处

【译文】

　　哪里有闲愁，哪里有欢乐？独倚栏杆，放眼天宇，只有一点儿凄凉意。过着竹里寻泉、雾里种树的生活，我堪称真正的闲人。然而心境的宁闲，并非依靠山水的陶冶。

　　不要说今是昨非，且举金樽，一醉方休。醉里忘却了自我，是月？是云？还是鹤？露渐冷，风正急，松叶和桂树枝正在风中摇摆。我醉了，却仍然清醒。在北窗边睡去，不要让鸟啼声把我惊醒。

【评点】

　　这首词上片围绕"何处",抒写人世忧愁和喜乐;过片笔锋一转,另辟蹊径,开拓出"今朝有酒今朝醉"的新意境;而下片则写闲情逸趣。在壮年时,辛弃疾的词作多抒写他的满腔热情和抱负。他认为"希真体"超然、自然、飘逸,虽作此类词并非难事,但却不屑为之。晚年时,辛弃疾愈发超脱,便多有此类闲适之作。虽说此为"效朱希真体",但其绝妙的风格实则更胜希真体。

念奴娇·倘来轩冕

　　瓢泉酒酣,和东坡韵[1]。

　　倘来轩冕[2],问还是今古人间何物?旧日重城愁万里,风月而今坚壁。药笼功名[3],酒垆身世[4],可惜蒙头雪。浩歌一曲,坐中人物三杰[5]。

　　休叹黄菊凋零,孤标应也有,梅花争发。醉里重揩西望眼,惟有孤鸿明灭[6]。万事从教,浮云来去,枉了冲冠发。故人何在?长庚应伴残月。

【注释】

　　①瓢泉:地名,位于铅山。东坡韵:指苏轼的《念奴娇·赤壁怀古》。

　　②轩:高大的马车。冕:古代官员所戴的礼帽,地位在大夫之上。这里以"轩冕"指代官位爵禄。

　　③药笼功名:据《旧唐书·元行冲传》载,元行冲劝当权的狄仁杰

留意储备人才，喻之为备药攻病，并自请为"药物之末"，仁杰笑而谓之曰："此君正吾药笼中物，何可一日无也！"

④酒垆身世：司马相如当年未得志时，曾携妻卓文君在临邛市上卖酒。

⑤三杰：出自《史记·高祖本纪》，指张良、韩信、萧何。

⑥西望：指遥望中原地区。孤鸿：孤雁，此处喻指爱国志士。

【译文】

那官位爵禄，还是古往今来世人一心追逐的东西吗？丢官之后，重重愁恨无计消除，连美好的风光也像被坚墙挡住，不让人欣赏。即便是狄仁杰的笼中佳物，即便有司马相如一样的才华，如今也已是白发满头。不妨长歌一曲，座中都是汉初三杰一样的英豪。

不要感叹黄菊凋零，还有那孤标傲世的梅花会争先恐后地绽放。酒醉后，仍揉揉眼睛，向西北遥望中原。只有几个仁人志士，势单力孤，尚且闪耀理想的光芒。真让人叹息，万事如浮云，枉有英雄怒发冲冠。故人们现在何方？遥远的天边只有孤星与残月相伴。

【评点】

这首词主要抒发了作者英雄失意的悲愤之情。词的上片表现出了作者对追求功名的迷茫，下片以自然环境比喻现实社会环境，以黄菊的凋零和红梅的绽放比喻爱国英雄的前赴后继。下片虽以"休叹"起头，让人感觉振奋，但无奈仁人志士备受打压，势单力薄。"孤鸿明灭"既表现了作者的失望，也引出了之后的三句慨叹。

辛弃疾的词素与苏轼的词并称，二人被合称为"苏辛"。辛弃疾的词中有不少借鉴苏轼之作，本词就是其中之一。苏轼的词《念奴娇·赤壁怀古》为其被贬黄州时所作，同样为抒写政治失意而作。但本词不似苏词超脱豪迈，而是相当悲壮。苏词的结尾表现出了出世的消极思想，而辛词的结尾则感慨万千，悲愤激昂。

永遇乐·千古江山

京口北固亭怀古①。

千古江山，英雄无觅，孙仲谋处②。舞榭歌台，风流总被，雨打风吹去。斜阳草树，寻常巷陌，人道寄奴③曾住。想当年，金戈铁马，气吞万里如虎。

元嘉④草草，封狼居胥⑤，赢得仓皇北顾。四十三年，望中犹记，烽火扬州路。可堪回首，佛狸⑥祠下，一片神鸦社鼓。凭谁问，廉颇老矣，尚能饭否？

【注释】

①京口：今江苏镇江市。北固亭：在镇江市北固山上，面临长江，地势险要，又名北顾亭。

②孙仲谋：孙权，字仲谋，三国时吴国君主。

③寄奴：南朝宋武帝刘裕的小名，他曾随先祖移居京口，在京口起兵平定了桓玄的叛乱，后推翻东晋，称帝。

④元嘉：宋文帝刘义隆（刘裕之子）的年号。

⑤封狼居胥：指汉代霍去病战胜匈奴，追击至狼居胥（山名，位于今内蒙古五原县），登山祭天，纪念胜利。

永遇乐·千古江山

⑥佛狸：北魏太武帝的小名。

【译文】

千古江山依旧，却无处寻找孙权这样的英雄。当年繁华的歌楼舞榭，饮宴风流，都被风雨吹散。斜阳照草树，普通的街巷老屋，听人说刘裕曾在此居住。谁知道，他曾指挥金戈铁马，驱赶敌人，气势如出山猛虎。

元嘉帝草率出兵，想建功立业，却仓皇逃命不敢北顾。距今已四十三年，眺望中原，我仍记得硝烟弥漫的扬州路。不堪回首，如今佛狸的庙里，竟是社鼓隆隆、神鸦乱舞。还有谁询问，廉颇老了，饭量是否如故？

【评点】

　　这首词写于南宋宁宗开禧元年（1205）辛弃疾担任镇江知府的时候。当时作者登上京口北固山，站在北固亭上俯瞰滚滚长江，不禁心潮激荡，于是写下了这篇传诵千古的佳作。本词题为"怀古"，事实上却是借古伤今，抒发了作者壮志难酬的悲愤之情。

　　词的上片写作者登上北固亭后，眼前雄壮的江山，引发了他对孙权和刘裕的追思，借京口历史英雄的丰功伟业，委婉地表达了自己抗敌救国的急切心情。孙权曾以弱制强，并在京口建都，坐拥东南，形成三国鼎立的局面；然而这样的英雄已经难以找寻，他曾经的辉煌功业也已被风雨冲刷走了。"想当年"三句，称赞了南朝宋武帝刘裕率领北伐军气吞胡虏的雄姿，可如今偏安一隅的南宋统治者却昏庸腐朽、懦弱无能。两相对比，更令人感到悲痛。

　　词的下片先记述了南朝宋文帝刘义隆元嘉年间北伐失利的历史事件，然后对比古今，对今日的南宋朝廷苟且偷安，丧失多次抗金良机，而自己也难以实现收复中原的壮志发表感慨。"凭谁问"三句则深刻地表达了作者内心的无奈与忧愤。

　　本词紧扣主题，怀古伤今，用典较多，情景交融，思想内涵与艺术性高度统一，具有很强的艺术感染力，堪称佳作。

鹧鸪天·枕簟溪堂冷欲秋

鹅湖①归，病起作。

枕簟②溪堂冷欲秋，断云依水晚来收。红莲相倚浑如醉，白鸟③无言定自愁。

书咄咄④，且休休⑤，一丘一壑也风流，不知筋力衰多少，但觉新来⑥懒上楼。

【注释】

①鹅湖：指鹅湖山，在今江西省铅山县。

②簟：竹席。

③白鸟：即白鹭。

④书咄咄：据《世说新语》载，东晋殷浩被废，整天用手指对空书写"咄咄怪事"四个字。这里借指失意的感叹。

⑤且休休：唐朝司空图隐居山林中，修建了"休休亭"，远离尘世。

⑥新来：近来，最近。

【译文】

躺在水阁旁的竹席上，感到了些许凉意，好似秋天快要来到；临水的烟云随着天气渐晚也慢慢收敛。相互依偎的红莲像喝醉了酒，白鹭悄然而立像是在发愁。

殷浩曾书写"咄咄怪事"，还是算了吧，且像司空图那样潇洒遨游，一座小山，一条溪流也都风致无限。不知道病中精力消耗了多少，近来连楼也懒得上了。

【评点】

这首词是辛弃疾病后抒发情怀的作品。

词的上片用白描的手法将鹅湖秋日的暮色描绘出来，通过写景来抒发愁绪，情景交融。这首词首先描写的是一副清冷的夏末黄昏之景，其意象叠加的手法丰富了景象的层次感。暮色微凉，云水相接，作者病愈初起，虽然见到了美丽的红莲、白鸟，却仍备感怅惘寂寥，只剩下醉意与哀愁。在这云水和花鸟之中，蕴含了作者忧郁哀伤之情，为下片的感怀做好了铺垫。

词的下片描述了作者寻求丘壑之趣的豁达自适的情怀，但语句间却充满了虚度光阴、难得任用的愤慨与幽怨。一开始连用了三个典故——"书咄咄"用的是殷浩的典故，"且休休"用的是司空图的典故，"一丘一壑也风流"则化用了班嗣之语。"书咄咄"三句明朗顺畅，看似作者乐意隐退，实际却是因异常悲愤才故作豁达乐观，因此最后两句便转为悲凉。"不知"一词和"衰""懒"二字将作者退隐鹅湖，病后衰弱无力的感觉表达了出来。"但觉"写上楼后登高远眺，感觉近来越发慵懒，从中流露出作者深感人到暮年却无用武之地，壮志不改却虚度光阴的悲愁、愤懑与凄楚。

全词语言蕴藉，意象清丽，色彩鲜明，内涵深邃，用典自然。恰如陈廷焯所说，虽然辛词用典较多，"而其气不掩""用旧合机，不啻自其口出"，不愧为词之大家。

鹧鸪天·唱彻阳关泪未干

唱彻阳关[①]泪未干，功名余事且加餐[②]。浮天水送无穷树，带雨云埋一半山。

今古恨,几千般,只应离合是悲欢?江头未是风波恶,别有人间行路难。

【注释】

①阳关:人们将唐王维诗《渭城曲》配乐传唱,即有名的《阳关三叠》。这里代指送别的歌曲。

②且加餐:化用《古诗十九首》"弃捐勿复道,努力加餐饭"之句,是愤激之词。

【译文】

唱完送别的歌曲,泪水还未干,功名利禄都是身外之物,还是多吃饭吧。天边流水远远送来无穷的树木翠色,那带雨而来的阴云已遮住了半边青山。

古往今来种种怨恨,有千百种情况,难道只有离别才使人悲伤?大江里的风波大浪未必险恶,人世间的路行走起来却比这更加艰难。

【评点】

这首词是辛弃疾送别词的代表作,立意不凡且意境独到。

词的上片起笔便写离情别绪。"唱彻"和"泪未干"高度概括了送别的场面,形象地描述了别离之人的凄苦状貌。作者原本一心要为国家收复大业做出贡献,并执着地追求功名,有远大的抱负。而词中"功名余事且加餐"一句却表明在作者看来,功名不过是身外余事,这其实是对朝廷向金人屈膝求和的不满,也是对自己难以实现报国之志、被迫退隐、消极避世的愤慨的反语。"浮天水送无穷树"两句,先写江中水,后写空中云,以景衬情,渲染出了凄凉的意境。

词的下片从悠悠的历史谈起，指出古往今来有"几千般"的恨事，难道只有离别才算悲伤吗？以"只应"来反诘很有力度，更富激情，也使词的意境更加深广。作者认为"离"与"合"只是个人的小事，而国家分裂、民众苦难才是值得倍加关注的大事。"江头未是风波恶，别有人间行路难"两句表达了作者的心声。辛弃疾终生都以收复中原为己志，却无奈多次遭受排挤、废职，对黑暗的官场、残酷的政治斗争以及险恶的人心已有深刻的体会。白居易《太行路》中"行路难，不在水，不在山，只在人情反覆间"这几句，恰好说明了作者悲愤的原因和实质所在。

鹧鸪天·唱彻阳关泪未干

整首词共55个字，可谓短小精悍；但内涵丰富深刻，富有哲理，词情高远，没有离愁别恨，只有情深意长的叮咛，细细品之则余味无穷。

木兰花慢·老来情味减

滁州送范倅①。

老来情味减，对别酒，怯流年。况屈指中秋，十分好月，不照人圆。

无情水都不管,共西风,只管送归船。秋晚莼鲈[2]江上,夜深儿女灯前。

征衫,便好去朝天[3],玉殿正思贤。想夜半承明[4],留教视草[5],却遣筹边[6]。长安故人问我,道愁肠殢酒只依然。目断秋霄落雁,醉来时响空弦。

【注释】

①范倅:滁州通判。倅,副职。

②莼鲈:莼指莼菜羹,鲈指鲈鱼脍。

③朝天:朝见皇帝。

④承明:汉代皇宫有承明庐,为大臣值宿处。

⑤视草:为皇帝草拟诏令。

⑥筹边:筹划边防军务。

【译文】

老来兴致消减,面对离别的酒宴,害怕匆匆飞逝的流年。何况屈指一数,中秋将到,那一轮美好的明月,却偏偏不照人团圆。流水也无情,完全不顾人的感受,只管和西风一道送你的归船。好在你回去便可吃莼菜鲈鱼,中秋夜和儿女一同欢聚灯前。

朝廷如今正任能选贤,趁身上征衫未换,好去觐见天子。料想会把你留在承明庐,让你在深夜草拟诏令,还会派遣你筹划边事。长安故人若是要问我,就说我依然沉溺于酒中,乡愁无限。醉里看那秋空中落队的孤雁,醒时又常徒然弹响琴弦。

【评点】

这首词作于宋孝宗乾道八年(1172)作者送别友人之时。通过此词，作者在勉励友人奋发的同时，也抒发了自己满腔的忧国深情，宣泄了壮志难酬的愁苦，使词充满了慷慨悲凉之感。

词的上片描写了送别时的情景。前三句直抒胸臆，正值壮年的作者只因回首那些已经远去的攻城陷阵的旧事，而不禁觉得自己老了，所以说"老来情味减"。作者在此感叹"老"，既表达了对青年时代壮志雄心的遗恨，也抒发了对现实的不满。"况屈指中秋"一句则转写中秋将至，然而人却要分离，让人更觉遗憾。"都不管""只管"是说"水"和"西风"的无情，是对友人别后归途情景的设想，也暗指友人离任是朝中局势造成，可谓一语双关。最后两句是设想范倅回到家乡后的欢乐场景，表现了一种超脱的心境。

词的下片描写了分别后的情景。"征衫"表明作者时刻都在关心国家大事。然后作者描绘了一派君臣相得、振邦兴国的景象，表明他甘愿为收复中原而效忠。之后笔锋再转，猛然截断滚滚思潮。"长安故人问我"两句说自己壮志未酬、功业无成，仍是旧日境况，无颜面对故人，这其实是作者的自谦之辞。最后两句借用"响空弦"的典故，意指自己依然没有忘记征战疆场的戎马生涯，虽已"老"却仍可被任用，为国效力。

整首词章法顿挫波折，气势收放自如，情感跌宕起伏，给人深沉蕴藉、抑扬有致之感。

木兰花慢·老来情味减

木兰花慢·汉中开汉业

席上送张仲固①帅兴元。

汉中开汉业,问此地,是耶非?想剑指三秦②,君王得意,一战东归。追亡事③,今不见;但山川满目泪沾衣④。落日胡尘未断,西风塞马空肥。

一编书是帝王师⑤。小试去征西。更草草离宴,匆匆去路,愁满旌旗。君思我,回首处,正江涵秋影雁初飞。安得车轮四角⑥,不堪带减腰围。

【注释】

①张仲固:名坚,镇江人。南宋孝宗淳熙七年(1180)秋,张仲固取道湖南赴汉中任知兴元府(今属陕西汉中)时,作者设宴相送。

②三秦:项羽为阻遏刘邦东向称霸,三分关中,立秦降将章邯、司马欣、董翳为三王,称"三秦"。

③追亡事:指萧何连夜追韩信之事。

④"但山川"句:用唐李峤《汾阴行》原句,全诗为:"山川满目泪沾衣,富贵荣华能几时?不见只今汾水上,惟有年年秋雁飞。"

⑤"一编书"句:据《史记·留侯世家》载,张良少时过下邳圯桥,遇一老人。老人赠书一编,张良读之即能辅汉,成为开国元勋之一。

⑥车轮四角:车轮上生出四角,无法转动,这样就可留住友人。语出唐陆龟蒙《古意》诗:"君心莫淡薄,妾意正栖托。愿得双车轮,一夜生四角。"

【译文】

　　刘邦在汉中开创了西汉伟业,这个地方,还有什么是非成败?想当初他率兵相继击溃三秦,直取关中,意气风发,一战成名。萧何连夜追赶韩信的佳事,如今再也遇不到了;只见绿水青山枉自如故,这怎能不让英雄泪流连连?落日下,故土上敌军骑兵恣意驰骋,灰尘不断,而朝廷却徒然养着那么多强兵壮马。

木兰花慢·汉中开汉业

　　张良凭借一卷书成为帝王师,而你这次出帅兴元,也只是牛刀小试。草草饮酒饯别,你将匆匆奔赴任地,一腔离愁仿佛溢满旌旗。你抵达任所,回首思念我时,我也已到了秋天大雁飞往的南昌孤城了。哪里又能使车轮一夜之间生出四角,留住友人,别后的忆念之苦,会使身体日渐消瘦。

【评点】

　　本词虽是送别词,主旨却是忧民忧国。上片意境深远,以汉中旧事入题,暗讽当今朝廷不重用贤才良将,使得国家山河破碎。下片抒写深深离情,感情真切。辛弃疾的这首词被《宋史·本传》称为"雅善长短句,悲壮激烈"。另外,词中自然地引用了古人的原诗句,与全词上下融为一体,这也是辛弃疾词之所长。

青玉案·东风夜放花千树

东风夜放花千树①，更吹落，星如雨。宝马雕车香满路，凤箫声动，玉壶②光转，一夜鱼龙舞。

蛾儿雪柳黄金缕③，笑语盈盈暗香去。众里寻他千百度，蓦然回首，那人却在，灯火阑珊④处。

【注释】

①花千树：花灯多如千树开花。

②玉壶：喻月亮。

③蛾儿、雪柳、黄金缕：均指古代妇女头上戴的装饰品，以彩绸或彩纸制成。

④阑珊：零落，将尽。

【译文】

灯火像东风一夜吹绽千树的繁花，又像满天繁星被风吹落。宝马雕车经过，一路芳香飘洒；悠扬的凤箫声四处回荡，明月渐渐西斜，一夜鱼龙飞舞，笑语喧哗。

女人们头戴蛾儿、雪柳、黄金缕，笑语盈盈，却渐渐远去，只有衣香还在暗中飘散。我在众芳里寻她千百回，突然一回头，无意之间，却见她在灯火稀落的地方。

【评点】

此词描写了元宵佳节夜晚观灯时的盛况，极尽渲染之能事，体现了作者在仕途失意后仍不忘为国民忧虑，始终坚持信念，甘愿闲居乡野也不屈从于主和派的高尚品质。

　　词的上片着重描写了元宵节的灯火盛景。在作者眼中，那元宵节的灯火，繁盛得如同东风在一夜间吹开了千树万树的花一样，又好似飘落如雨的点点繁星。街道上，满眼都是繁华热闹的景象。喧嚣的车马行人，动听的阵阵箫声，流转的明月清辉，实在让人应接不暇。

青玉案·东风夜放花千树

　　词的下片一开始，作者忽转笔锋来写人。在元宵佳节的夜晚，赏花灯的妇女们头戴珠翠、穿着盛装，说笑着在人群中穿梭而去，那淡淡的香气也随之慢慢散去。在热闹的人群中，作者苦苦寻觅"那人"的身影，却找寻不见。当他刚要灰心绝望的时候，忽然一回头，却发现那个人正在灯火冷清的地方独自一人伫立着！整首词至此戛然而止，给人们留下了无穷的想象空间。

　　词的最后一句是整首词的点睛之笔，前面对花灯和众人的描述都是在为"那人"做铺垫和陪衬。作者并未明确指出"那人"是谁；但在"那人"身上，作者却寄寓了自己孤高傲物、不堕俗流的高洁品格。

　　这首词构思新颖巧妙，结构精致，含蓄婉转，余味无穷，不愧为脍炙人口、传颂千古的名篇。

阮郎归·山前灯火欲黄昏

耒阳道中为张处父推官赋①。

山前灯火欲黄昏,山头来去云。鹧鸪声里数家村,潇湘逢故人②。

挥羽扇③,整纶巾,少年鞍马尘。如今憔悴赋招魂④,儒冠⑤多误身!

【注释】

①耒阳:今湖南省耒阳县。张处父:生平不详,为作者好友。推官:是州郡的属官。

②故人:老友,指张处父。

③挥羽扇:指代诸葛亮。

④招魂:《楚辞》的篇名,作者借用这个典故,表达内心的愤懑和哀怨。

⑤儒冠:读书人戴的帽子,代指书生。此句化用杜甫《奉赠韦左丞丈二十二韵》的诗句:"纨绔不饿死,儒冠多误身",表现了自己的落魄。

【译文】

黄昏的山村中灯火已亮起,山头上还能看到飘来飘去的浮云。只有几家人的村子里,鹧鸪声声啼叫，没料到却在此地遇到老朋友。

想当年手挥羽扇，头戴纶巾，跃马扬戈，驰骋在烟尘滚滚的沙场上。而如今却丧魂落魄、疲惫不堪，想必由于我是个儒生的原因吧？

【评点】

这首词写于南宋孝宗淳熙六年（1179）或七年（1180）。当时作者任湖南转运副使和安抚使。作者通过细致的景物描写、深刻的心理刻画、巧妙的典故运用，抒发了他屡遭排挤、几经调任、抱负无法施展的愁绪和苦闷。

上片"山前灯火欲黄昏"两句，描写了昏暗浮动的景象，衬托出作者情绪的飘忽不定。夜色昏昏，山头的浮云随风而动，营造出一种暗淡沉浮的意境，与作者的心理状态巧妙地结合了起来。一个"欲"字用得极妙，将夕阳西落、夜幕降临前那一刹那的景象生动形象地描绘了出来。鹧鸪的声声啼鸣衬托出作者当时内心的凄凉，表现了他对前途的担忧。之后"潇湘逢故人"一句忽转笔锋，写作者与老友偶遇，承上启下，紧扣主题，气氛也由沉闷阴郁变为轻松愉悦。

词的下片全用典故，写作者回首往事，与老友共诉衷肠。"挥羽扇"三句借诸葛亮的形象，喻指作者当年抵抗金兵时的英姿。回想当初的雄姿，反观今日的际遇，令作者不禁感慨万千。词的最后两句语调低沉，感情悲怆，强烈控诉了迫害爱国志士的南宋主和派，抒发了作者异常痛苦的复杂心情。

水调歌头·长恨复长恨

壬子三山[①]被召，陈端仁[②]给事饮饯席上作。

长恨复长恨,裁作短歌行③。何人为我楚舞④,听我楚狂⑤声?余既滋兰九畹,又树蕙之百亩,秋菊更餐英⑥。门外沧浪水,可以濯⑦吾缨。

一杯酒,问何似,身后名⑧?人间万事,毫发常重泰山轻。悲莫悲生离别,乐莫乐新相识,儿女古今情。富贵非吾事,归与白鸥盟⑨。

【注释】

①三山:今福州。因福州城中西有闽山、东有九仙山、北有越王山,故福州又称三山。

②陈端仁:作者的朋友。此词写于南宋光宗绍熙三年(1192年),作者应召入朝,陈端仁设酒为其送行之时。

③短歌行:原是古乐府《平调曲》名,多用作饮宴席上的辞。

④楚舞:刘邦之妃戚夫人善楚舞。刘邦晚年时宠幸戚夫人,于是准备改立戚夫人之子赵王如意为太子。太子刘盈得知后,在一次宴会中,请来贤人"商山四皓"相随,以表明其贤能,终使得换立之事作罢。

⑤楚狂:指春秋时楚国的楚陆通,其人放荡不羁,躬耕不仕,曾当面唱歌嘲讽孔子沉迷政治,疲于奔走,故《论语》中称之为"楚狂"。

⑥"余既滋兰九畹"二句出自屈原《离骚》:"余既滋兰之九畹兮,又树蕙之百亩。"畹,古时的计量单位,一畹为十二亩。滋兰九畹就是说种了一百零八亩的兰花。

⑦濯:洗。

⑧"一杯酒"三句:反用西晋张翰:"使我有身后名,不如即时一杯酒。"据《世说新语》载,张翰性情狂放,因思念家乡吴中的鲈鱼而罢官归隐。

⑨白鸥盟:与白鸥盟誓为友。

【译文】

　　愤恨之情绵长不尽，便把它化作宴席上的辞。现在有何人能为我跳楚舞，听我抒发狂放之词？我种了一百零八亩兰花、一百零八亩蕙草，平常更是饮露水、食秋菊。门外清凉的沧浪水，正好可以用来洗我的帽缨。

　　一杯酒怎么能够和身后名相比？人间万事，常常是本末倒置，毫发重，泰山却轻。世上之悲事莫过于生死离别，乐事莫过于新交知己，这是古往今来人之常情。荣华富贵并不是我要追求的，只求早早归来与白鸥盟誓为友。

【评点】

　　这是一首感时抚事的答别之作，作于南宋光宗绍熙三年（1192）。当年辛弃疾被召入朝，已经退职家居的陈端仁为他摆酒饯行。二人酒酣尽兴之时，发出慷慨报国的壮志之言，以及担心朝廷腐败、再掀风波的牢骚，于是作者在席间便借《楚辞》抒发情怀，赋此词答赠友人。

　　词的上片开篇直抒胸臆，发出"长恨"和"有恨无人省"的感慨，看似突兀，实则有深刻的背景：当时北方战乱频仍，但苟且偷生的南宋朝廷却不图收复，令作者痛心不已。这

水调歌头·长恨复长恨

种情绪无处排解，只能将其"裁作短歌行"。"何人为我楚舞"一句借用了两个典故，即汉高祖想立赵王如意为太子不得和楚国隐士楚陆通歌讽孔子的典故，以此来表达作者"长恨"满腔却没有人能理解的悲愤之情。接下来的"余既"三句，用的都是屈原《离骚》中的诗句，说明作者绝对不会与投降派同流合污。尾句则从另一个角度表明了作者的志向与节操。

词的下片前三句与篇首相呼应，借西晋张翰纵任不拘的典故而发牢骚，感慨自己壮志难酬，情绪变得激昂起来。"人间万事，毫发常重泰山轻"两句既是作者对南宋朝廷的愤怒呼喊，也是全词的关键，点明"长恨复长恨"的根本原因就是南宋朝廷苟且偷安、不顾国家危亡。作者在词的最后抒发了惜别之情，再次表明了他的心志。

这首《水调歌头》虽为答别之词，却充满了作者感时忧国的忧愁与悲愤，全无怨别之意。这首词的词情或激昂，或平静，或匆促，或沉稳，情致豪放而又沉郁蕴藉，读来耐人寻味。

太常引·一轮秋影转金波

建康中秋为吕叔潜赋。

一轮秋影转金波[1]。飞镜[2]又重磨。把酒问姮娥[3]：被白发欺人奈何[4]？乘风好去，长空万里，直下看山河。斫去桂婆娑，人道是清光更多[5]。

【注释】

①金波：谓月光。《汉书·礼乐志·郊祀歌》中有"月穆穆以金

波"之句。

②飞镜：比喻月亮像明镜。

③姮娥：指嫦娥，月宫的仙子。

④"被白发"句：化用薛能《春日使府寓怀》："青春背我堂堂去，白发欺人故故生。"

⑤"斫去"二句：化用杜甫《一百五夜对月》："斫却月中桂，清光应更多。"

【译文】

皎洁的月亮在天空中缓缓移动，洒下晶亮的光芒，像一面经过重新打磨后腾空翱翔的明镜。举杯问嫦娥，我满头白发，垂垂老矣，该怎么办呢？

我还是乘着浩荡的秋风去万里长空吧，那里应当无拘无束；随目所及，都是我日夜担忧的大好山河。我应砍去月桂之树，让月亮的清光更多地洒向人间。

【评点】

这是一首抒怀之词，作于南宋孝宗淳熙元年（1174）中秋的晚上，表现了作者追求完美的性情和理想。作者为了祖国的统一，曾多次上书力主抗金、收复中原，但始终未被采纳。在阴暗的政治环境中，作者只能通过诗词来抒发内心的感受和想法。正是由于这种苦恼，使得当时35岁的作者竟发出了"被白发欺人奈何"的慨叹。

在词的上片中，作者借助传说寄托了自己的理想和情怀。在中秋月夜，望着天上的月亮，作者不禁想起吃了不死之药飞升月宫的嫦娥。借助这则和月亮有关的传说，作者表达了对阴暗政治现实的愤懑。作者一生志在收复中原，然而理想却在残酷的现实中最终破灭。看着皎洁的月光，想到自己未建功业而早生华发，作者便不禁发出了"被白发欺人奈何"的疑问，表现了英雄报国无门的矛盾心理。

太常引·一轮秋影转金波

在词的下片中，作者通过更加离奇的想象，更直接而强烈地表现了其政治理想，揭示了词的主旨。"桂婆娑"指的是给人民带来黑暗的婆娑桂影，暗指南宋朝廷中的投降势力和金人的势力。"斫去桂婆娑"，表达了作者欲将黑暗扫除，给人间带来光明的强烈愿望。

整首词借景抒情、情景交融，通过超现实的艺术境界，化解了作者心中的苦闷，具有浓郁的浪漫主义色彩。

蝶恋花·九畹芳菲兰佩好

月下醉书雨岩石浪。

九畹①芳菲兰佩好，空谷无人，自怨蛾眉巧。宝瑟泠泠②千古调，朱丝弦断知音少。

冉冉③年华吾自老，水满汀洲，何处寻芳草？唤起湘累④歌未了，石龙⑤舞罢松风晓。

【注释】

①畹：古时计量土地面积的单位，一畹为十二亩。

②泠泠：形容乐声清脆悦耳。

③冉冉：慢慢地。

④湘累：指屈原。无罪而死曰"累"，屈原负屈投湘江而死，故称"湘累"。

⑤石龙：指石龙风，一种迎头风。宋孝武帝有诗云："愿作石龙风，四面断行旅。"

【译文】

那一百零八亩兰花怒放，香气袭人，却无人来欣赏，自怨姿色太好。宝琴能弹出清脆悦耳的千古名曲，但却因知音难觅，只好任朱丝弦断。

时间流逝，我也慢慢老去，池边平地也已被水溢满，我又到哪里去寻找芳草呢？这让我想起屈原的事迹，久久不能忘怀。石龙风吹拂着松树，直到天亮。

【评点】

此词是辛弃疾晚年作品之一，作于金章宗泰和三年（1203）前后。当时，年过花甲的辛弃疾闲居江西铅山的瓢泉。他的好友陈亮已离世，朱熹也受"庆元党禁"所累而去世。辛弃疾惆怅不已，深感孤寂，认为再无知音可寻。这首小令感情含蓄而立意深远。上片前三句化用《离骚》中"余既滋兰之九畹兮"，慨叹好友陈亮、朱熹过世之后，知音难觅的寂寞愁苦之情。下片以"冉冉年华吾自老"进一步抒写了英雄迟暮的伤感和悲愤之情。"何处寻芳草"与上片的"知音"相呼应，使全词的思路更加连贯。"唤起湘累歌未了，石龙舞罢松风晓"二句，婉转地写出了作者在现实社会中壮志难酬的苦闷。整首词寓情于寻常事物，表达了知音难觅、英雄暮年而壮志难酬的愁闷。

粉蝶儿·昨日春如

和晋臣赋落花①。

昨日春如十三女儿学绣。一枝枝，不教花瘦。甚无情②，便下得雨僝风僽③，向园林铺作地衣红绉。

而今春似轻薄荡子难久。记前时，送春归后。把春波都酿作一江醇酎④。约清愁杨柳岸边相候。

【注释】

①一作"和晋臣赋落梅"。晋臣，即赵不迂，字晋臣，官至敷文阁

学士。寓居上饶时,辛弃疾和他常有唱和之作。

②甚无情:真无情。

③下得:忍得。雨僝风僽:"僝僽"原意指恶言辱骂,这里形容风雨作恶。

④醇酎:浓酒。

【译文】

昨日春光如同一个十三岁的少女学刺绣,一朵朵鲜花绚烂盛开。但它又真无情,忍心让风雨来折磨它,一夜之间园林便铺满了一地残红。

这春光就像一个轻薄浪子,感情难以持久。还记得过去送春归去后,那春水绿波都被酿成了醉人的浓酒,一腔清愁却在杨柳岸边静静等候。

【评点】

这首词是辛弃疾众多描写春色的词中风格独特的一篇。此词虽全为白话,但却婉转而脱俗地抒写了惜春之情,寓意深远。上片写昨日春光,以少女之美比喻春色,形象而生动地表现出了春光的明艳和繁花的绚烂,充满蓬勃活力。下片写春光短暂,以轻薄浪子比喻春去难留,与上片用少女之美比喻春色形成了鲜明的对比。《夏敬观评稼轩词》评价此词:"连续诵之,如笛声宛转,乃不得以他文词绳之,勉强断句。此自是好词,虽去别调不远,却仍是秾丽一派也。"即是赞其笔调柔中带刚。

沁园春·杯汝来前

将止酒,戒酒杯使勿近①。

杯汝来前，老子今朝，点检形骸②。甚长年抱渴，咽如焦釜③；于今喜睡，气似奔雷。汝说刘伶，古今达者，醉后何妨？死便埋④。浑如此，叹汝于知己，真少恩哉！

更凭歌舞为媒，算合作人间鸩毒猜⑤。况怨无大小，生于所爱；物无美恶，过则为灾。与汝成言，勿留亟退，吾力犹能肆汝杯⑥。杯再拜，道"麾之即去，招则须来"。

【注释】

①此序意思是，我要戒酒了，警告酒杯不要接近我。

②点检形骸：检查和保养身体。

③抱渴：患酒渴病。焦釜：烧干了的锅。

④"汝说"三句：化用《世说新语·文学》记："（刘）伶字伯伦，沛郡人。肆意放荡，以宇宙为狭。常乘鹿车，携一壶酒，使人荷锸随之，云：'死便掘地以埋。'土木形骸，遨游一世。"

⑤"算合作"句：化用《后汉书·霍谞传》记："触冒死祸，以解细微，譬犹疗饥于附子，止渴于鸩毒。未入肠胃，已绝咽喉，岂可为哉。"

⑥成言：说定。亟：急。肆：古代处死的刑法，陈尸于市。

【译文】

酒杯，你不要再到我跟前来了，如今我要开始约束自己，保养身体。为什么我不喝酒就口渴、咽喉干涩，就像烧焦了的锅；如今又这样嗜睡，睡中鼻息如雷？酒杯，你却说："酒徒刘伶，可谓古今达观之人，却说醉死之后埋了就行。"诚然如此啊，但我们是多年的知己，你这种说法也太绝情了。

沁园春·杯汝来前

　　若以歌舞助兴，你就害人更甚，好比鸩毒。然而人间的怨恨不论大小，都往往由于贪爱而生；万物形态本无美丑，超过限度就会走向反面。所以，我跟你约定，你赶紧退下去，一会儿也不要滞留，我现在还有力气把你砸个粉碎。酒杯再三跪拜致礼，说："你挥手我就去，招手我即来。"

【评点】

　　这是辛弃疾一首劝自己戒酒的词，写于其闲居铅山瓢泉之时。作者在开篇便把酒杯比作人，通过与酒杯对话，列举喝酒的害处，进而决心戒酒。然而，作者戒酒的决心并不大，轻松诙谐的语言令人忍俊不禁，却能体现其豪爽的性格。词中作者委婉地写自己以酒为知己,表达了他对自己悲惨命运的无限感叹。另外,本词在结构上也超越了分片的格局,全词浑融贯通,风格别具。

满江红·敲碎离愁

敲碎离愁,纱窗外风摇翠竹。人去后吹箫声断,倚楼人独。满眼不堪三月暮,举头已觉千山绿。但试将一纸寄来书,从头读。

相思字,空盈幅;相思意,何时足①?滴罗襟点点,泪珠盈掬②。芳草不迷行客路,垂杨只碍离人目③。最苦是立尽月黄昏,阑干曲。

【注释】

①盈:满。足:满足。

②罗襟:罗衣。盈掬:捧满双手。

③芳草不迷行客路:化用《楚辞·招隐士》中:"王孙游兮不归,芳草生兮萋萋"的诗句。碍:妨碍。

【译文】

窗前轻风吹动翠竹的声音,扰乱了她的凝思,敲碎了她的离愁。情郎离去之后,她孤独无伴,也无心吹箫,只常常倚楼遥望远方。满眼都是三月暮春的景色,抬头望远才发现群山已绿。只好不断地把他寄来的书信,读了又读。

那远方的来信上满是相思的话,但这又哪里能抚慰她?泪珠不断地滴在衣襟上，甚至可以捧满双手。百花争艳不会阻断情郎的行程，但这暮春杨柳却遮挡了她期盼的张望。最苦她久久张望，月儿出来了，栏杆的影子曲折蹒跚。

【评点】

这首词从语气上看是女子在思念情郎，又可看作是作者想象情人在想念自己。上片的前三句通过对环境的细腻描写，烘托出主人公的寂寞和苦闷。"敲碎"二字贴切地表现出了静中之动，又以动衬托了静。"人去后"三句则写出了主人公无聊、寂寞的心情。下片前两句写女子看信后的感受。情郎的信中满是"相思字"，说明他还挂念女子，但这却无法抚慰主人公。她忍不住"滴罗襟点点，泪珠盈掬"。末三句借叙事抒情，与上片的"倚楼"相呼应，用"最苦"两字，充分地表现了主人公深深的思念和幽怨之情。

图文资讯
拓展书籍内容,开阔阅读视野。

拓展视频
观看在线视频,激发阅读兴趣。

趣味测评
获取测评阅读建议,测评阅读习惯。

阅读分享
分享阅读心得,碰撞思维火花。

扫码进入 线上
阅读空间
ONLINE READING SPACE
让知识照耀人生